EL POZO
PARA UNA TUMBA SIN NOMBRE

JUAN CARLOS ONETTI

EL POZO
PARA UNA TUMBA
SIN NOMBRE

BIBLIOTECA BREVE
EDITORIAL SEIX BARRAL, S. A.
BARCELONA-CARACAS-MÉXICO

El pozo
Primera edición: 1939
(Ediciones Signo, **Montevideo**)

Para una tumba sin nombre
Primera edición: 1959
(Marcha, Montevideo)

Diseño cubierta: △TRIANGLE

Primera edición: mayo de 1979
Segunda edición: diciembre de 1980

© 1939, 1959 y 1980: Juan Carlos Onetti

Derechos exclusivos de edición
reservados para todos los países de habla española:
© 1980: Editorial Seix Barral, S. A.
Tambor del Bruc, 10 - Sant Joan Despí (Barcelona)

ISBN: 84 322 0352 1
Depósito legal: B. 40.040 - 1980

Printed in Spain

EL POZO

HACE un rato me estaba paseando por el cuarto y se me ocurrió de golpe que lo veía por primera vez. Hay dos catres, sillas despatarradas y sin asiento, diarios tostados de sol, viejos de meses, clavados en la ventana en el lugar de los vidrios.

Me paseaba con medio cuerpo desnudo, aburrido de estar tirado, desde mediodía, soplando el maldito calor que junta el techo y que ahora, siempre, en las tardes, derrama adentro de la pieza. Caminaba con las manos atrás, oyendo golpear las zapatillas en las baldosas, oliéndome alternativamente cada una de las axilas. Movía la cabeza de un lado a otro, aspirando, y esto me hacía crecer, yo lo sentía, una mueca de asco en la cara. La barbilla, sin afeitar, me rozaba los hombros.

Recuerdo que, antes que nada, evoqué una cosa sencilla. Una prostituta me mostraba el hombro izquierdo, enrojecido, con la piel a punto de rajarse, diciendo: "Date cuenta si serán hijos de perra. Vienen veinte por día y ninguno se afeita".

Era una mujer chica, con unos dedos alargados en las puntas, y lo decía sin indignarse, sin levantar la voz, en el mismo tono mimoso con que saludaba al abrir la puerta. No puedo acordarme de la cara; veo nada más que el hombro irritado por las barbas que se le habían estado frotando, siempre en ese hombro, nunca en el derecho, la piel colorada y la mano de dedos finos señalándola.

Después me puse a mirar por la ventana, distraído, buscando descubrir cómo era la cara de la prostituta. Las gentes del patio me resultaron más repugnantes que nunca. Estaban, como siempre, la mujer gorda lavando en la pileta, rezogando sobre la vida y el almacenero, mientras el hombre tomaba mate agachado, con el pañuelo blanco y amarillo colgándole frente al pecho. El chico andaba en cuatro patas, con las manos y el hocico embarrados. No tenía más que una camisa remangada y, mirándole el trasero, me dio por pensar en cómo había gente, toda en realidad, capaz de sentir ternura por eso.

Seguí caminando, con pasos cortos, para que las zapatillas golpearan muchas veces en cada paseo. Debe haber sido entonces que recordé que mañana cumplo cuarenta años. Nunca me hubiera podido imaginar así los cuarenta años, solo y entre la mugre, encerrado en la pieza. Pero esto no me dejó melancólico. Nada más que una sensación de curiosidad por la vida y un poco de admiración por su habilidad para desconcertar siempre. Ni siquiera tengo tabaco.

No tengo tabaco, no tengo tabaco. Esto que escribo son mis memorias. Porque un hombre debe escribir la historia de su vida al llegar a los cuarenta años, sobre todo si le sucedieron cosas interesantes. Lo leí no sé dónde.

Encontré un lápiz y un montón de proclamas abajo de la cama de Lázaro, y ahora se me importa poco de todo, de la mugre y el calor y los infelices del patio. Es cierto que no sé escribir, pero escribo de mí mismo.

Ahora se siente menos calor y puede ser que de noche refresque. Lo difícil es encontrar el punto de partida. Estoy resuelto a no poner nada de la infancia. Como niño era un imbécil: sólo me acuerdo de mí años después, en la estancia o en el tiempo de la Universidad. Podría hablar de Gregorio, del ruso que apareció muerto en el arroyo, de María Rita y el verano en Colonia. Hay miles de cosas y podría llenar libros.

DEJÉ de escribir para encender la luz y refrescarme los ojos que me ardían. Debe ser el calor. Pero ahora quiero hacer algo distinto. Algo mejor que la historia de las cosas que me sucedieron. Me gustaría escribir la historia de un alma, de ella sola, sin los sucesos en que tuvo que mezclarse, queriendo o no. O los sueños. Desde alguna pesadilla, la más lejana que recuerde, hasta las aventuras en la cabaña de troncos. Cuando estaba en la estancia, soñaba muchas noches que un caballo blanco saltaba encima de la cama. Recuerdo que me decían que la culpa la tenía José Pedro porque me hacía reír antes de acostarme, soplando la lámpara eléctrica para apagarla.

Lo curioso es que, si alguien dijera de mí que soy "un soñador", me daría fastidio. Es absurdo. He vivido como cualquiera o más. Si hoy quiero hablar de los sueños, no es porque no tenga otra cosa que contar. Es porque se me da la gana, simplemente. Y si elijo el sueño de la cabaña de troncos, no es porque tenga alguna razón especial. Hay otras aventuras más completas, más interesantes, mejor ordenadas. Pero me quedo con la de la cabaña porque me obligará a contar un prólogo, algo que sucedió en el mundo de los hechos reales hace unos cuarenta años. También podría ser un plan el ir contando un "suceso" y un sueño. Todos quedaríamos contentos.

11

AQUELLO pasó un 31 de diciembre, cuando vivía en Capurro. No sé si tenía quince o dieciséis años; sería fácil determinarlo pensando un poco, pero no vale la pena. La edad de Ana María la sé sin vacilaciones: dieciocho años. Dieciocho años, porque murió unos meses después y sigue teniendo esa edad cuando abre por la noche la puerta de la cabaña y corre, sin hacer ruido, a tirarse en la cama de hojas.

Era un fin de año y había mucha gente en casa. Recuerdo el champán, que mi padre estrenaba un traje nuevo y que yo estaba triste o rabioso, sin saber por qué, como siempre que hacían reuniones y barullo. Después de la comida los muchachos bajaron al jardín. (Me da gracia ver que escribí bajaron, y no bajamos.) Ya entonces nada tenía que ver con ninguno.

Era una noche caliente, sin luna, con un cielo negro lleno de estrellas. Pero no era el calor de esta noche en este cuarto, sino un calor que se movía entre los árboles y pasaba junto a uno como el aliento de otro que nos estuviera hablando o fuera a hacerlo.

Estaba sentado en unas bolsas de *portland* endurecido, solo, y a mi lado había un azadón con el mango blanco de cal. Oía los chillidos que estaban haciendo con unas cornetas compradas a propósito y que llegaron junto con el champán, para despedir el año. En casa tocaban música. Estuve mucho tiempo así, sin moverme, hasta que oí el ruido de pasos y vi a la muchacha que venía caminando por el sendero de arena.

Puede parecer mentira: pero recuerdo perfectamente que desde el momento en que reconocí a Ana

13

María —por la manera de llevar un brazo separado del cuerpo y la inclinación de la cabeza— supe todo lo que iba a pasar esa noche. Todo menos el final, aunque esperaba una cosa con el mismo sentido.

Me levanté y fui caminando para alcanzarla, con el plan totalmente preparado, sabiéndolo, como si se tratara de alguna cosa que ya nos había sucedido y que era inevitable repetir. Retrocedió un poco cuando la tomé del brazo; siempre me tuvo antipatía o miedo.

—Hola.

—Hola.

Yo le hablaba de Arsenio, bromeando. Ella estaba cada vez más fría, apurando el paso, buscando las calles entre los árboles. Cambié en seguida de táctica y me puse a elogiar a Arsenio con una voz seria y amistosa. Desconfió un momento, nada más. Empezó a reírse a cada palabra, tirando la cabeza para atrás. A ratos se olvidaba y me iba golpeando con el hombro al caminar, dos o tres veces seguidas. No sé a qué olía el perfume que se había puesto. Le dije la mentira sin mirarla, seguro de que iba a creerla. Le dije que Arsenio estaba en la casita del jardinero, en la pieza del frente, fumando en la ventana, solo. (Por qué no hubo nunca ningún sueño de algún muchacho fumando solo de noche, así, en una ventana, entre árboles.) Nos combinamos para entrar por la puerta del fondo y sorprenderlo. Ella iba adelante, un poco agachada para que no pudieran verla, con mil precauciones para no hacer ruido al pisar las hojas. Podía mirarle los brazos desnudos y la nuca. Debe haber alguna obsesión ya bien estudiada que tenga como objeto la nuca de las muchachas, las nucas un poco hundidas, infantiles, con el vello que nunca se logra peinar. Pero entonces yo no la miraba con deseo. Le tenía lástima, compadeciéndola por ser tan estúpida, por haber creído en mi mentira, por avanzar así, ridícula, doblada, sujetando la risa que le llenaba la boca por la sorpresa que íbamos a darle a Arsenio.

Abrí la puerta, despacio. Ella entró la cabeza; y el cuerpo, sólo, tomó por un momento algo de la bondad y la inocencia de un animal. Se volvió para preguntarme, mirándome. Me incliné, casi le tocaba la oreja:

—¿No te dije que en el frente? En la otra pieza.

Ahora estaba seria y vacilaba, con una mano apoyada en el marco, como para tomar impulso y disparar. Si lo hubiera hecho, yo tendría que quererla toda la vida. Pero entró; yo sabía que iba a entrar y todo lo demás. Cerré la puerta. Había una luz de farol filtrada por la ventana que sacaba de la sombra la mesa cuadrada, con un hule blanco, la escopeta colgada en la pared, la cortina de cretona que separaba los cuartos.

Ella me tocó la mano y la dejó en seguida. Caminó en puntas de pie hasta la cortina y la apartó de un manotazo. Yo creo que comprendió todo de golpe, sin proceso, de la misma manera que yo lo había concebido. Dio media vuelta y vino corriendo, desesperada, hasta la puerta.

Ana María era grande. Es larga y ancha todavía cuando se extiende en la cabaña y la cama de hojas se hunde con su peso. Pero en aquel tiempo yo nadaba todas las mañanas en la playa; y la odiaba. Tuvo, además, la mala suerte de que el primer golpe me diera en la nariz. La agarré del cuello y la tumbé. Encima suyo, fui haciendo girar las piernas, cubriéndola, hasta que no pudo moverse. Solamente el pecho, los grandes senos, se le movían desesperados de rabia y de cansancio. Los tomé, uno en cada mano, retorciéndolos. Pudo zafar un brazo y me clavó las uñas en la cara. Busqué entonces la caricia más humillante, la más odiosa. Tuvo un salto y se quedó quieta en seguida, llorando con el cuerpo flojo. Yo adivinaba que estaba llorando sin hacer gestos. No tuve nunca, en ningún momento, la intención de violarla; no tenía ningún deseo por ella. Me levanté, abrí la puerta y salí afuera. Me recosté en la pared para esperarla. Venía música de la casa y me puse a silbarla, acompañándola.

Salió despacio. Ya no lloraba y tenía la cabeza levantada, con un gesto que no le había notado antes. Caminó unos pasos, mirando el suelo como si buscara algo. Después vino hasta casi rozarme. Movía los ojos de arriba hacia abajo, llenándome la cara de miradas, desde la frente hasta la boca. Yo esperaba el golpe, el insulto, lo que fuera, apoyado siempre en la pared, con las manos en los bolsillos. No silbaba, pero iba siguiendo mentalmente la música. Se acercó más y me escupió, volvió a mirarme y se fue corriendo.

Me quedé inmóvil y la saliva empezó a correrme, enfriándose, por la nariz y la mejilla. Luego se bifurcó, cayendo a los lados de la boca. Caminé hasta el portón de hierro y salí a la carretera. Caminé horas, hasta la madrugada, cuando el cielo empezaba a clarear. Tenía la cara seca.

En el mundo de los hechos reales, yo no volví a ver a Ana María hasta seis meses después. Estaba de espaldas, con los ojos cerrados, muerta, con una luz que hacía vacilar los pasos y que le movía apenas la sombra de la nariz. Pero ya no tengo necesidad de tenderle trampas estúpidas. Es ella la que viene por la noche, sin que yo la llame, sin que sepa de dónde sale. Afuera cae la nieve y la tormenta corre ruidosa entre los árboles. Ella abre la puerta de la cabaña y entra corriendo. Desnuda, se extiende sobre la arpillera de la cama de hojas.

PERO la aventura merece, por lo menos, el mismo cuidado que el suceso de aquel fin de año. Tiene siempre un prólogo, casi nunca el mismo. Es en Alaska, cerca del bosque de pinos donde trabajo. O en Klondike, en una mina de oro. O en Suiza, a miles de metros de altura, en un chalet donde me he escondido para poder terminar en paz mi obra maestra. (Era en un sitio semejante donde estaba Ivan Bunin, muy pobre, cuando a fines de un año le anunciaron que le habían dado el Premio Nobel.) Pero, en todo caso, es un lugar con nieve. Otra advertencia: no sé si cabaña y choza son sinónimos; no tengo diccionario y. mucho menos a quién preguntar. Como quiero evitar un estilo pobre, voy a emplear las dos palabras, alternándolas.

En Alaska, estuve aquella noche, hasta las diez, en la taberna del Doble Trébol. Hemos pasado la noche jugando a las cartas, fumando y bebiendo. Somos los cuatro de siempre. Wright, el patrón; el *sheriff* Maley, y Raymond, *el Rojo*, siempre impasible y chupando una larga pipa. Nos reímos por las trampas de Maley, que es capaz de jugar un póker de ases contra un *full* al as. Pero nunca nos enojamos; se juega por monedas y sólo buscamos pasar una noche amable y juntos. A las diez, puntualmente, me levanto, pago mi gasto y comienzo a vestirme. Hay que ponerse nuevamente la chaqueta de pieles, el gorro, los guantes, recoger el revólver. Tomo un último trago para defenderme del frío de afuera, saludo y me vuelvo a casa en el trineo. Algunas veces intentan asaltarme o descubro ladrones en el aserradero. Pero por lo general este viaje no tiene interés y hasta he llegado a suprimirlo, conservando apenas un breve momento en que levanto la cara hacia el cielo, la boca apretada y los ojos entrecerrados, pensando en que muy pronto tendremos una tormenta de nieve y puede sorprenderme en camino. Diez años en Alaska me dan derecho a no equivocarme. Azuzo los perros y sigo.

Después estoy en la cabaña. Cierro la puerta —sin trancarla, claro— y me acuclillo frente a la chimenea para encenderla. Lo hago en seguida; en la aventura de las diez mil cabezas de ganado, un indio me enseñó un sistema para hacer fuego rápidamente, aun al aire libre. Miro el movimiento del fuego y acerco el pecho al calor, las manos y las orejas. Por un momento quedo inmóvil, casi hipnotizado sin ver, mientras el fuego ondea delante de mis ojos, sube, desaparece, vuelve a alzarse bailando, iluminando mi cara inclinada, moldeándola con su luz roja hasta que puedo sentir la forma de mis pómulos, la frente, la nariz, casi tan claramente como si me viera en un espejo, pero de una manera más profunda. Es entonces que la puerta se abre y el fuego se aplasta como un arbusto, retrocediendo temeroso ante el viento que llena la cabaña. Ana María entra corriendo. Sin volverme, sé que es ella y que está desnuda. Cuando la puerta vuelve a cerrarse, sin ruido, Ana María está ya en la cama de hojas esperando.

Despacio, con el mismo andar cauteloso con el que me acerco a mirar los pájaros de la selva, cuando se bañan en el río, camino hasta la cama. Desde arriba, sin gestos y sin hablarle, miro sus mejillas que empiezan a llenarse de sangre, las mil gotitas que le brillan en el cuerpo y se mueven con las llamas de la chimenea, los senos que parecen oscilar, como si una luz de cirio vacilara, conmovida por pasos silenciosos. La cara de la muchacha tiene entonces una mirada abierta, franca, y me sonríe abriendo apenas los labios.

Nunca nos hablamos. Lentamente, sin dejar de mirarla, me siento en el borde de la cama y clavo los ojos en el triángulo negro donde aún brilla la tormenta. Es entonces, exactamente, que empieza la aventura. Esta es la aventura de la cabaña de troncos.

Miro el vientre de Ana María, apenas redondeado; el corazón empieza a saltarme enloquecido y muerdo con toda mi fuerza el caño de la pipa. Porque suavemente los gruesos muslos se ponen a temblar, a estremecerse, como dos brazos de agua que rozara el viento, a separarse después, apenas, suavemente. Debe estar afuera retorciéndose la tormenta negra, girando entre los árboles lustrosos. Yo siento el calor de la chimenea en la espalda, manteniendo fijos los ojos en la raya que separa los muslos, sinuosa, que se va ensanchando como la abertura de una puerta que el viento empujara, alguna noche en la primavera. A veces, siempre inmóvil, sin un gesto, creo ver la pequeña ranura del sexo, la débil y confusa sonrisa. Pero el fuego baila y mueve las sombras, engañoso. Ella continúa con las manos debajo de la cabeza, la cara grave, moviéndose solamente en el balanceo perezoso de las piernas.

BAJÉ a comer. Las mismas caras de siempre, calor en las calles cubiertas de banderas y un poco de sal de más en la comida. Conseguí que Lorenzo me fiara un paquete de tabaco. Según la radio del restaurante, Italia movilizó medio millón de hombres hacia la frontera con Yugoslavia; parece que habrá guerra. Recién ahora me acuerdo de la existencia de Lázaro y me parece raro que no haya vuelto todavía. Estará preso por borracho o alguna máquina le habrá llevado la cabeza en la fábrica. También es posible que tenga alguna de sus famosas reuniones de célula. Pobre hombre. Releo lo que acabo de escribir, sin prestar mucha atención, porque tengo miedo de romperlo todo. Hace horas que escribo y estoy contento porque no me canso ni me aburro. No sé si esto es interesante, tampoco me importa.

Allí acaba la aventura de la cabaña de troncos. Quiero decir que es eso, nada más que eso. Lo que yo siento cuando miro a la mujer desnuda en el camastro no puede decirse, yo no puedo, no conozco las palabras. Esto, lo que siento, es la verdadera aventura. Parece idiota, entonces, contar lo que menos interés tiene. Pero hay belleza, estoy seguro, en una muchacha que vuelve inesperadamente, desnuda, una noche de tormenta, a guarecerse en la casa de leños que uno mismo se ha construido, tantos años después, casi en el fin del mundo.

SÓLO dos veces hablé de las aventuras con alguien. Lo estuve contando sencillamente, con ingenuidad, lleno de entusiasmo, como contaría un sueño extraordinario si fuera un niño. El resultado de las dos confidencias me llenó de asco. No hay nadie que tenga el alma limpia, nadie ante quien sea posible desnudarse sin vergüenza. Y ahora que todo está aquí, escrito, la aventura de la cabaña de troncos, y que tantas personas como se quiera podrían leerlo...

Cordes, primero, y después aquella mujer del Internacional. Claro que no puedo tenerles rencor y si hubo humillación fue tan poca y olvidada tan pronto que no tiene importancia. Sin proponérmelo, acudí a las únicas dos clases de gente que podrían comprender. Cordes es un poeta; la mujer, Ester, una prostituta. Y sin embargo...

Hay dos cosas que quiero aclarar, de una vez por todas. Desgraciadamente, es necesario. Primero, que si bien la aventura de la cabaña de troncos es erótica, acaso demasiado, es entre mil, nada más. Ni sombra de mujer en las otras. Ni en *El regreso de Napoleón*, ni en la *Bahía de Arrak*, ni en *Las acciones de John Morhouse*. Podría llenar un libro con títulos. Tampoco podría decirse que tengo preferencia por ninguna entre ellas. Viene la que quiere, sin violencias, naciendo de nuevo en cada visita. Y después, que no se limita a eso mi vida, que no me paso el día imaginando cosas. Vivo. Ayer mismo volví con Hanka a los reservados del Forte Makallé. Me acuerdo que sentí una tristeza cómica por mi falta de "espíritu popular". No poder divertirme con las leyen-

27

das de los carteles, saber que había allí una forma de la alegría, y saberlo, nada más.

Estábamos solos, ni siquiera vecinos para escuchar como la otra tarde, con aquella voz de mujer que decía:

—Y bueno, porque soy una arrastrada es que no me gusta ver rodar a otras.. No te estés alabando, como si los que tuvieran los pieses más grandes fueran los que mejor jugaran al fútbol. Yo sé lo que te digo. Mira que un hombre que quiere no mata, le hagan lo que le hagan.

No podíamos verle la cara. Aquello era un lío entre prostitutas y *macrós*, donde había que resolver si la mujer que deja a Juan para irse con Pedro tiene o no derecho a llevarse las ropas que le regaló Juan. Y si Pedro puede aceptarla con las ropas. La mujer me dio una impresión vulgar de inteligencia. Todos se guían por razones de conveniencia; pero esta gente discutía un punto de honor, honor de clan: si era o no "de macho" aceptar a una mujer con ropas que otro le había comprado. Eran dos parejas, y una salió dos o tres veces para que los que quedaban pudieran discutir con libertad.

Mientras entraban las palabras de los vecinos entre las cañas de los reservados, era necesario acariciar a Hanka, recordando lo que hago cuando tengo deseo. Y esta tarde sucedió lo mismo. Lo absurdo no es estar aburriéndome con ella, sino haberla desvirginizado, hace treinta días apenas. Todo es cuestión de espíritu, como el pecado. Una mujer quedará cerrada eternamente para uno, a pesar de todo, si uno no la poseyó con espíritu de forzador.

Entraba mucho frío en el reservado con cerco de cañas enredaderas. Me acuerdo de que las voces que llegaban traían una sensación de soledad, de pampa despoblada. Había un caño embutido en la pared de ladrillos, bastante estropeada. La botella de cerveza estaba vacía, la mesa y las sillas, de hierro, sucias de polvo y llenas de manchas. ¿Por qué me fijaba en todo aquello, yo, a quien nada le importa la miseria, ni la comodidad, ni la belleza de las cosas?

Claro que terminamos hablando de literatura. Hanka dijo cosas con sentido sobre la novela y la musicalización de la novela. Qué fuerza de realidad tienen los pensamientos de la gente que piensa poco y, sobre todo, que no divaga. A veces dicen "buenos días", pero de qué manera tan inteligente. También hablamos de la vida. Hanka tiene trescientos pesos por mes o algo parecido. Le tengo mucha lástima. Yo estaba tranquilo y le dije que todo me importaba un corno, que tenía una indiferencia apacible por todo. Ella dijo que Huxley era un cerebro que vivía separado del cuerpo, como el corazón de pollo que cuidan Lindbergh y el doctor Alex Carrell; después me preguntó:

—Pero ¿por qué no acepta que nunca ya volverá a enamorarse?

Era cierto; yo no quiero aceptarlo porque me parece que perdería el entusiasmo por todo, que la esperanza vaga de enamorarme me da un poco de confianza en la vida. Ya no tengo otra cosa que esperar. Hanka tiene veinte años; al final le vino una crisis de ternura y me obligó a aceptarle el hombro como almohada. Se imaginaría que soportaba, además de mi cabeza, algo así como una desesperanza infinita o vaya a saber qué. Después en la rambla, le dije que nuestra relación era una cosa ridícula y que era mejor no vernos más. Entonces me contestó que tenía razón, pensándolo bien, y que iba a buscarse un hombre que sea como un animal. No quise decirle nada, pero la verdad es que no hay gente así, sana como un animal. Hay solamente hombres y mujeres que son unos animales.

Hanka me aburre; cuando pienso en las mujeres...

Aparte de la carne, que nunca es posible hacer de uno por completo, ¿qué cosa de común tienen con nosotros? Sólo podría ser amigo de Electra. Siempre me acuerdo de una noche en que estaba borracho y me puse a charlar con ella mirando una fotografía. Tiene la cara como la inteligencia, un poco desdeñosa, fría, oculta y, sin embargo, libre de complicaciones. A veces me parece que es un ser perfecto y me intimida; sólo las cosas sentimentales mías viven cuando estoy al lado de ella. Es todo un poco nebuloso, tristón, como si estuviera contento, bien arropado y con algo de ganas de llorar.

¿Por qué hablaba de comprensión, unas líneas antes? Ninguna de esas bestias sucias puede comprender nada. Es como una obra de arte. Hay solamente un plano donde puede ser entendida. Lo malo es que el ensueño no trasciende, no se ha inventado la forma de expresarlo, el surrealismo es retórica. Sólo uno mismo, en la zona de ensueño de su alma, algunas veces. ¿Qué significa que Ester no haya comprendido, que Cordes haya desconfiado? Lo de Ester, lo que me sucedió con ella, interesa porque, en cuanto yo hablé del ensueño, de la aventura (creo que era la misma, esta de la cabaña de troncos), todo lo que había pasado antes, y hasta mi relación con ella desde meses atrás, quedó alterado, lleno, envuelto por una niebla bastante espesa, como la que está rodeando, impenetrable, al recuerdo de las cosas soñadas.

No sé si hace más o menos de un año. Fue en los días en que terminaba el juicio, creo que estaban por dictar sentencia. Todavía estaba empleado en el diario y me iba por las noches al Internacional, en Juan Carlos Gómez, cerca del puerto. Es un bodegón oscuro, desagradable, con marineros y mujeres. Mujeres para marineros, gordas, de piel marrón, grasientas, que tienen que sentarse con las piernas separadas y se ríen de los hombres que no entienden el idioma, sacudiéndose, una mano de uñas negras desparramada en el pañuelo de colorinches que les rodea el pescuezo. Porque cuello tienen los niños y las doncellas.

Se ríen de los hombres rubios, siempre borrachos, que tararean canciones incomprensibles, hipando, agarrados a las manos de las mujeronas sucias. Contra la pared del fondo se extienden las mesas de los malevos, atentos y melancólicos, el pucho en la boca, comentando la noche y otras noches viejas que a veces aparecen, en el aserrín fangoso, casi siempre, en cuanto el tiempo es de lluvia y los muros se ahuecan y encierran como el viento de una bodega.

Ester costaba dos pesos, uno para ella y otro para el hotel. Ya éramos amigos. Me saludaba desde su mesa moviendo dos dedos en la sien, daba unas vueltas acariciando cabezas de borracho y saludándose gravemente con las mujeres y venía a sentarse conmigo. Nunca habíamos salido juntos. Era tan estúpida como las otras, avara, mezquina, acaso un poco menos sucia. Pero parecía más joven y los brazos, gruesos y blancos, se dilataban lechosos en la luz del cafetín, sanos y graciosos, como si al hundirse en la vida hubiera alzado las manos en un gesto desesperado de auxilio, manoteando como

33

los ahogados y los brazos hubieran quedado atrás, lejos en el tiempo, brazos de muchacha despegados del cuerpo largo, nervioso, que ya no existía.

—¿Qué hacés, loco?

—Nada..., aquí andamos. Pago un té. Y nada más.

—Yo no te pedí nada, atorrante.

Riéndose me daba un manotón en el ala del sombrero, recostándolo en la nuca. Los hombros extraordinariamente más gruesos que los brazos, redondos y salientes como los hombros de un boxeador, pero blancos, lisos, llenos de polvo y perfumes. Llamaba al mozo y pedía un guindado.

Una noche —era también una noche de lluvia y las mesas del fondo estaban llenas y silenciosas, hoscas—, mientras un muchacho que se movía como una mujer se reía tocando valses en el piano con un medio litro que alzaba de vez en cuando, manteniendo la música ensordinada con un dedo solo y bebía riendo:

—¡Cheerio!

Esa noche le dije que nunca me iría con ella pagándole, era demasiado linda para eso, tan distinta de todas aquellas mujeres gordas y espesas.

—Mujeres para marineros; y yo, gracias a dios...

La voz del muchacho en el piano, cuando decía: "¡Cheerio!" con el medio litro en el aire, era también de mujer.

¿Qué podía pensar ella? Por otra parte, es posible que yo no haya sido sincero y le haya dicho aquello porque sí, como una broma. Pero Ester encogió los hombros haciendo una mueca cínica, sin relación alguna con sus brazos, una mueca que descubría repentinamente, como un secreto de familia guardado con tenacidad, su parentesco con las mujeres de piel oscura que se reían balanceándose en las sillas.

—¡Vamos, m'hijo! Si me viste cara de otaria...

DESDE entonces me propuse tenerla gratis. No le hablaba nunca de eso, no le pedí nada. Cuando ella me invitaba a salir, movía la cabeza con aire triste.

—No. Pagando nunca. Comprendé que con vos no puede ser así.

Me insultaba y se iba. Cada vez venía menos por mi mesa. Algunas noches —estaba borracha entonces con frecuencia y acaso enferma, cada vez más gastada, ordinaria, mientras los brazos y sobre todo los hombros redondos y empolvados pasaban como chorros de leche entre las mesas, resbalando en la luz pobre del salón— ni siquiera me saludaba. Cada vez me interesaba menos el asunto y seguía yendo por costumbre, porque no tenía amigos ni nada que hacer, y a las tres de la mañana, cuando terminaba el trabajo en el diario, me sentía sin fuerzas para irme a la pieza, solo.

Por aquel tiempo no venían sucesos a visitarme a la cama antes del sueño; las pocas imágenes que llegaban eran idiotas. Ya las había visto en el día o un poco antes. Se repetían caras de gentes que no me interesaban, ubicadas en sitios sin misterios. Estaba por fallarse el divorcio; habían abierto el juicio a prueba y yo fui solamente una vez. No podía soportarlo. Me era indiferente el resultado de aquello, resuelto a no vivir más con Cecilia; ¿y qué diablo podía importarme que un asno cualquiera la declarara culpable a ella o a mí? Ya no se trataba de nosotros. Viejos, cansados, sabiendo menos de la vida a cada día, estábamos fuera de la cuestión. Es siempre la absurda costumbre de dar más importancia a las personas que a los sentimientos. No encuentro otra palabra. Quiero decir: más importancia al instrumento que a la música.

Había habido algo maravilloso creado por nosotros. Cecilia era una muchacha, tenía trajes con flores de primavera, unos guantes diminutos y usaba pañuelos de tela transparentes que llevaban dibujos de niños bordados en las esquinas. Como un hijo, el amor había salido de nosotros. Lo alimentábamos, pero él tenía su vida aparte. Era mejor que ella, mucho mejor que yo. ¿Cómo querer compararse con aquel sentimiento, aquella atmósfera que, a la media hora de salir de casa me obligaba a volver, desesperado, para asegurarme de que ella no había muerto en mi ausencia? Y Cecilia, que puede distinguir los diversos tipos de carne de vaca y discutir seriamente con el carnicero cuando la engaña; ¿tiene algo que ver con aquello que la hacía viajar en el ferrocarril con lentes oscuros, todos los días, poco tiempo antes de que nos casáramos, "porque nadie debía ver los ojos que me habían visto desnudo"?

El amor es maravilloso y absurdo e, incomprensiblemente, visita a cualquier clase de almas. Pero la gente absurda y maravillosa no abunda; y las que lo son, es por poco tiempo, en la primera juventud. Después comienzan a aceptar y se pierden.

He leído que la inteligencia de las mujeres termina de crecer a los veinte o veinticinco años. No sé nada de la inteligencia de las mujeres y tampoco me interesa. Pero el espíritu de las muchachas muere a esa edad, más o menos. Pero muere siempre; terminan siendo todas iguales, con un sentido práctico hediondo, con sus necesidades materiales y un deseo ciego y oscuro de parir un hijo. Piénsese en esto y se sabrá por qué no hay grandes artistas mujeres. Y si uno se casa con una muchacha y un día se despierta al lado de una mujer, es posible que comprenda, sin asco, el alma de los violadores de niñas y el cariño baboso de los viejos que esperan con chocolatines en las esquinas de los liceos.

El amor es algo demasiado maravilloso para que uno pueda andar preocupándose por el destino de dos personas que no hicieron más que tenerlo, de manera inexplicable. Lo que pudiera suceder con don Eladio Linacero y doña Cecilia Huerta de Linacero no me interesa. Basta escribir los nombres para sentir lo ridículo de todo esto. Se trataba del amor y esto ya estaba terminado, no había primera ni segunda instancia, era un muerto antiguo. Qué más da el resto. Pero en el sumario hay algo que no puedo olvidar. No trato de justificarme; pueden escribir lo que quieran las ratas del juzgado. Toda la culpa es mía: no me interesa ganar dinero ni tener una casa confortable, con radio, heladera, vajilla y un *watercló* impecable. El trabajo me parece una estupidez odiosa a la que es difícil escapar. La poca gente que conozco es indigna de que el sol le toque en la cara. Allá ellos, todo el mundo y doña Cecilia Huerta de Linacero.

Pero en el sumario se cuenta que una noche desperté a Cecilia, "la obligué a vestirse con amenazas y la llevé hasta la intersección de la rambla y la calle Eduardo Acevedo". Allí, "me dediqué a actos propios de un anormal, obligándola a alejarse y venir caminando hasta donde estaba yo, varias veces, y a repetir frases sin sentido". Se dice que hay varias maneras de mentir; pero la más repugnante de todas es decir la verdad, toda la verdad, ocultando el alma de los hechos. Porque los hechos son siempre vacíos, son recipientes que tomarán la forma del sentimiento que los llene.

AQUELLA noche nos habíamos acostado sin hablarnos. Yo estuve leyendo, no sé qué, y a veces, de reojo, veía dormirse a Cecilia. Ella tenía una expresión lenta, dulce, casi risueña, una expresión de antes, de cuando se llamaba Ceci, para la que yo había construido una imagen exacta que ya no podía ser recordada. Nunca pude dormirme antes que ella. Dejé el libro y me puse a acariciarla con un género de caricia monótona que apresura el sueño. Siempre tuve miedo de dormir antes que ella, sin saber la causa. Aun adorándola, era algo así como dar la espalda a un enemigo. No podía soportar la idea de dormirme y dejarla a ella en la sombra, lúcida, absolutamente libre, viva aún. Esperé a que se durmiera completamente, acariciándola siempre, observando cómo el sueño se iba manifestando por estremecimientos repentinos de las rodillas y el nuevo olor, extraño, apenas tenebroso, de su aliento. Después apagué la luz y me di vuelta esperando, abierto al torrente de imágenes.

Pero aquella noche no vino ninguna aventura para recompensarme el día. Debajo de mis párpados se repetía, tercamente, una imagen ya lejana. Era, precisamente, la rambla a la altura de Eduardo Acevedo, una noche de verano, antes de casarnos. Yo la estaba esperando apoyado en la baranda metido en la sombra que olía intensamente a mar. Y ella bajaba la calle en pendiente, con los pasos largos y ligeros que tenía entonces, con un vestido blanco y un pequeño sombrero caído contra una oreja. El viento la golpeaba en la pollera, trabándole los pasos, haciéndola inclinarse apenas, como un barco de vela que viniera hacia mí desde la noche. Trataba de pensar en otra cosa; pero, apenas me abandonaba, veía la calle desde la sombra de la muralla y la muchacha, Ceci, bajando con un vestido blanco.

Entonces tuve aquella idea idiota como una obsesión. La desperté; le dije que tenía que vestirse de blanco y acompañarme. Había una esperanza, una posibilidad de tender redes y atrapar el pasado y la Ceci de entonces. Yo no podía explicarle nada; era necesario que ella fuera sin plan, no sabiendo para qué. Tampoco podía perder tiempo, la hora del milagro era aquella, en seguida. Todo esto era demasiado extraño y yo debía tener cara de loco. Se asustó y fuimos. Varias veces subió la calle y vino hacia mí con el vestido blanco donde el viento golpeaba haciéndola inclinarse. Pero allá arriba, en la calle empinada, su paso era distinto, reposado y cauteloso, y la cara que acercaba al atravesar la rambla debajo del farol era seria y amarga. No había nada que hacer y nos volvimos.

PERO esto tampoco tiene que ver con lo que me interesa decir. Creo que Cecilia volvió a casarse y es posible que sea feliz. Estaba contando la historia de Ester. El desenlace fue, también, en una noche de lluvia, sin barcos en el puerto. El cafetín estaba casi vacío. Vino a mi mesa y estuvo cerca de una hora sin hablar. No había música. Después se rió y me dijo:

—Si vos no querés ir conmigo pagando, no me vas a pagar nada. ¿No es lo mejor?

Sacó un peso y pagó los guindados que había tomado. No le hice caso. Al rato me dijo:

—Decí... ¿y si yo me hiciera la loca?

—¿A ver?

—Y bueno, sos un cabeza dura. A porfiado nadie te gana. Si querés, vamos.

—No quiero líos. ¿Gratis?

—Sí, pero no te creas que se te hace el campo orégano. Es la última vez. Mirá: con vos no voy más ni aunque me pagues.

Yo no tenía ningún interés. Pero no había otro remedio y salimos. Ella tenía el abrigo sobre los hombros y caminaba con la cabeza baja por las veredas relucientes de agua. El hotel estaba en Liniers, frente al mercado. Seguía lloviznando, no tomamos coche y así fuimos en silencio. Cuando llegamos ella tenía la cabeza empapada. Se sacudía la melena frente al espejo, mostrando los dientes, sin mover los grandes hombros blancos. La veladora tenía una luz azul. Recuerdo que estuvo temblando un rato al lado mío y tenía el cuerpo helado, con la piel áspera y erizada.

Cuando se estaba vistiendo le dije —nunca supe por qué— desde la cama:

—¿Nunca te da por pensar cosas, antes de dormirte o en cualquier sitio, cosas raras que te gustaría que te pasaran...?

Tengo, vagamente, la sensación de que, al decir aquello, le pagaba en cierta manera. Pero no estoy seguro. Ella dijo alguna estupidez, bostezando, otra vez frente al espejo. Por un rato estuve callado mirando al techo, oyendo el rumor de la lluvia en el balcón. Llegaba ruido de carros pesados y canto de gallos. Empecé a hablar, sin moverme, boca arriba, cerrando los ojos.

—Hace un rato estaba pensando que era en Holanda, todo alrededor, no aquí, Yo le digo Nederland por una cosa. Después te cuento. El balcón da a un río por donde pasan unos barcos como chalanas, cargados de madera, y todos llevan una capota de lona impermeable donde cae la lluvia. El agua es negra y las gabarras van bajando despacio sin hacer ruido, mientras los hombres empujan con los bicheros en el muelle. Aquí en el cuarto yo esperaba una noticia o una visita, a veces era una visita y yo me había venido desde allá para encontrarme con esa persona esta noche. Porque hace muchos años nos comprometimos para vernos esta noche en este hotel. Hay otras cosas, además. Una chalana está cargada de fusiles y quiero pasarlos de contrabando. Si todo va bien, yo dejo una luz azul como ésta en los balcones y los de la chalana pasan abajo cantando en alemán, algo que dice "hoy mi corazón se hunde y nunca más..." Todo va bien, pero yo no soy feliz. Me doy cuenta de golpe ¿entendés?, que estoy en un país que no conozco, donde siempre está lloviendo y no puedo hablar con nadie. De repente me puedo morir aquí en la pieza del hotel...

—¿Pero por qué no reventás?

Había dejado de arreglarse el peinado y me miraba apoyada en el tocador con aire extraño.

—¿Se puede saber qué tomaste?

—Bueno. Pero decime si vos pensás así. Cualquier cosa rara.

—Siempre pensé que eras un caso... ¿Y no pensás a veces que vienen mujeres desnudas, eh? ¡Con razón no querías pagarme! ¿Así que vos...? ¡Qué punta de asquerosos!

Salió antes que yo y nunca volvimos a vernos. Era una pobre mujer y fue una imbecilidad hablarle de esto. A veces pienso en ella y hay una aventura en que Ester viene a visitarme o nos encontramos por casualidad, tomamos y hablamos como buenos amigos. Ella me cuenta entonces lo que sueña o imagina y son siempre cosas de una extraordinaria pureza, sencillas como una historieta para niños.

ESTOY muy cansado y con el estómago vacío. No tengo idea de la hora. He fumado tanto que me repugna el tabaco y tuve que levantarme para esconder el paquete y limpiar un poco el piso. Pero no quiero dejar de escribir sin contar lo que sucedió con Cordes. Es muy raro que Lázaro no haya vuelto. A cada momento me parece que lo oigo en la escalera, borracho, dispuesto a reclamarme los catorce pesos con más furia que nunca. Es posible que haya caído preso y en este momento algunos negroides más brutos que él lo estén enloqueciendo a preguntas y golpes. Pobre hombre, lo desprecio hasta con las raíces del alma, es sucio y grosero, sin imaginación. Tiene una manera odiosa de tumbarse en la cama y hablar de los malditos catorce pesos que le debo, sin descanso, con una voz monótona, esas eses espesas, las erres de la garganta, con su tono presuntuoso de hijo de una raza antigua, empapado de experiencia, para quien todos los problemas están resueltos. Lo odio y le tengo lástima; casi es viejo y vive cansado, no come todos los días y nadie podría imaginar las combinaciones que se le ocurren para conseguir tabaco. Y se levanta a veces de madrugada para sentarse junto a la luz que empieza, a leer bisbiseando libros de economía política.

Tiene algo de mono, doblado en el banco, los puños en la cabeza rapada, muequeando con la cara llena de arrugas y pelos, haciendo bizquear los ojos entre las cejas escasas y las grandes bolsas de las ojeras. Cuando estoy muy amargado, raras veces, me divierto discutiendo con él, tratando de socavar su confianza en la revolución con argumentos astutos, de una grosera mala fe, pero que el infeliz acepta como legítimos. Da ganas de reír, o de llorar, según el momento, el esfuerzo que tiene que hacer para que la lengua endurecida pueda ir traduciendo el desesperado trabajo de su cerebro para defender las doctrinas y los hombres.

Lo dejo hablar, que se enrede solo, mirándolo con una sonrisa burlona, frunciendo un poco la boca hacia el lado derecho. Esto lo exaspera y hace que se embrolle más rápidamente. Claro que esto no dura mucho. Es lástima porque me divierte. Lázaro pierde la paciencia, se enfurece y se pone a insultar.

—Mirá... Sos un desclasado, eso. Va, va... Sos más asqueroso que un chancho burgués. Eso.

Éste es el momento oportuno para hablarle del lujo asiático en que viven los comisarios en el Kremlin y de la inclinación inmoral del gran camarada Stalin por las niñitas tiernas. (Tengo un recorte de no sé qué hediondo corresponsal de un diario norteamericano, donde habla de esos lujos asiáticos, de los niños matados a latigazos y de no sé cuánta otra imbecilidad. Es asombroso ver en qué se puede convertir la revolución rusa a través del cerebro de un comerciante yanqui; basta ver las fotos de las revistas norteamericanas, nada más que las fotos porque no sé leerlas, para comprender que no hay pueblo más imbécil que ése sobre la tierra; no puede haberlo porque también la capacidad de estupidez es limitada en la raza humana. Y qué expresiones de mezquindad, qué profunda grosería asomando en las manos y en los ojos de sus mujeres, en toda esa chusma de Hollywood.)

—Mirá, viejo. Me da lástima porque sos un tipo de buena fe. Son siempre los millones de otarios como vos los que van al matadero. Pensá un poquito en todos los judíos que forman la burocracia staliniana...

No se necesita más. El pobre hombre inventa el apocalipsis, me habla del día de la revolución (tiene una frase genial: "cada día falta menos..."), y me amenaza con colgarme, hacerme fusilar por la espalda, degollarme de oreja a oreja, tirarme al río.

Digo otra vez que me da mucha lástima. Pero el animal sabe también defenderse. Sabe llenarse la boca con una palabra y la hace sonar como si escupiera.

"¡Fraa... casado!"

La dice con la misma entonación burlona con que se insultan los chicos en la calle, y atrás de la palabra, en la garganta que resuena, está algo que me indigna más que todo en el mundo. Hay un acento extranjero —Checoeslovaquia, Lituania, cualquier cosa por el estilo—, un acento extranjero que me hace comprender cabalmente lo que puede ser el odio racial. No sé bien si se trata de odiar a una raza entera, u odiar a alguno con todas las fuerzas de una raza.

Pero Lázaro no sabe lo que dice cuando me grita "fracasado". No puede ni sospechar lo que contiene la palabra para mí. El pobre tipo me grita eso porque una vez, al principio de nuestra relación, se le ocurrió invitarme a una reunión con los camaradas. Trataba de convencerme usando argumentos que yo conocía desde hace veinte años, que hace veinte años me hastiaron para siempre. Juro que fui solamente por lástima, que nada más que una profunda lástima, un excesivo temor de herirlo, como si en su actitud y en su cabezota de mono hubiera algo indeciblemente delicado, me hizo acompañarlo a la famosa reunión de los camaradas.

Conocí mucha gente, obreros, gente de los frigoríficos, aporreada por la vida, perseguida por la desgracia de manera implacable, elevándose sobre la propia miseria de sus vidas para pensar y actuar en relación a todos los pobres del mundo. Habría algunos movidos por la ambición, el rencor o la envidia. Pongamos que muchos, que la mayoría. Pero en la gente del pueblo, la que es pueblo de manera legítima, los pobres, hijos de pobres, nietos de pobres, tienen siempre algo esencial incontaminado, algo hecho de pureza, infantil, candoroso, recio, leal, con lo que siempre es posible contar en las circunstancias graves de la vida. Es cierto que nunca tuve fe; pero hubiera seguido contento con ellos, beneficiándome de la inocencia que llevaban sin darme cuenta. Después tuve que moverme en otros ambientes y conocer a otros individuos, hombres y mujeres, que acababan de ingresar en las agrupaciones. Era una avalancha.

No sé si la separación en clases es exacta y puede ser nunca definitiva. Pero hay en todo el mundo gente que compone la capa tal vez más numerosa de las sociedades. Se les llama "clase media", "pequeña burguesía". Todos los vicios de que pueden despojarse las demás clases son recogidos por ella. No hay nada más despreciable, más inútil. Y cuando a su condición de pequeños burgueses agregan la de "intelectuales", merecen ser barridos sin juicio previo. Desde cualquier punto de vista, búsquese el fin que se busque, acabar con ellos sería una obra de desinfección. En pocas semanas aprendí a odiarlos; ya no me preocupan, pero a veces veo casualmente sus nombres en los diarios, al pie de largas parrafadas imbéciles y mentirosas y el viejo odio se remueve y crece.

Hay de todo; algunos que se acercaron al movimiento para que el prestigio de la lucha revolucionaria, o como quiera llamarse, se reflejara un poco en sus maravillosos poemas. Otros, sencillamente, para divertirse con las muchachas estudiantes que sufrían, generosamente, del sarampión antiburgués de la adolescencia. Hay quien tiene un Packard de ocho cilindros, camisas de quince pesos y habla sin escrúpulos de la sociedad futura y la explotación del hombre por el hombre. Los partidos revolucionarios deben creer en la eficacia de ellos y suponer que los están usando. Es en el fondo un juego de toma y daca. Queda la esperanza de que, aquí y en cualquier parte del mundo, cuando las cosas vayan en serio, la primera precaución de los obreros sea desembarazarse, de manera definitiva, de toda esa morralla.

Me aparté en seguida y volví a estar solo. Es por eso que Lázaro me dice fracasado. Puede ser que tenga razón; se me importa un corno, por otra parte. Fuera de todo esto, que no cuenta para nada, ¿qué se puede hacer en este país? Nada, ni dejarse engañar. Si uno fuera una bestia rubia, acaso comprendiera a Hitler. Hay posibilidades para una fe en Alemania; existe un antiguo pasado y un futuro, cualquiera que sea. Si uno fuera un voluntarioso imbécil se dejaría ganar sin esfuerzos por la nueva mística germana. ¿Pero aquí? Detrás de nosotros no hay nada. Un gaucho, dos gauchos, treinta y tres gauchos.

PERO todo esto me aburre. Se me enfrían los dedos de andar entre fantasmas. Quiero contar aquella entrevista con Cordes; es también un ejemplo de intelectual y confieso que sigo admirándolo. Tiene talento, un instinto infalible, más bien, para guiarse entre los elementos poéticos y escoger en seguida, sin necesidad de arreglos ni remiendos. Es extraño que haya procedido, casi, con una torpeza mayor que la de Ester.

Recuerdo que en aquel tiempo andaba muy solo —solo a pesar mío— y sin esperanzas. Cada día la vida me resultaba más difícil. No había conseguido todavía el trabajo en el diario y me había abandonado, dejándome llevar, saliera lo que saliera. ¿Por qué los sucesos no vienen al que los espera y los está llamando con todo su corazón desde una esquina solitaria? Hasta las imaginaciones por la noche me resultaban amargas, y se desarrollaban faltas de espontaneidad, ayudadas, hostigadas por mí.

Encontré a Cordes casualmente y vinimos por la noche a mi pieza. Habíamos estado tomando unas cañas, él compró cigarrillos y yo, felizmente, tenía un poco de té. Estuvimos hablando durante horas, en ese estado de dicha exaltada, y suave no obstante, que sólo puede dar la amistad y hace que insensiblemente dos personas vayan apartando malezas y retorciendo caminos para poder coincidir y festejarlo con una sonrisa.

Hacía tiempo que no me sentía tan feliz, libre, hablando lleno de ardor, tumultuosamente, sin vacilaciones, seguro de ser comprendido, escuchando también con la misma intensidad, tratando de adivinar los pen-

55

samientos de Cordes por las primeras palabras de sus frases. Estábamos tomando el té, serían las dos de la mañana, acaso más, cuando Cordes me leyó unos versos suyos. Era un poema extraño, publicado después en una revista de Buenos Aires. Debo tener el recorte en alguna de las valijas, pero no vale la pena de ponerme a buscarlo ahora. Se llamaba *El pescadito rojo*. El título es desconcertante y también a mí me hizo sonreír. Pero hay que leer el poema. Cordes tiene mucho talento, es innegable. Me parecía fluctuante, indeciso, y acaso pudiera decirse de él que no había acabado de encontrarse. No sé qué hace ahora ni cómo es; he dejado de tener noticias suyas y desde aquella noche no volví a verlo, a pesar de que sabía dónde buscarme.

Aquella noche dejé enfriar el té en mi vaso para escucharlo. Era un verso largo, como cuatro carillas escritas a máquina. Yo fumaba en silencio, con los ojos bajos, sin ver nada. Sus versos lograron borrar la habitación, la noche y al mismo Cordes. Cosas sin nombre, cosas que andaban por el mundo buscando un nombre, saltaban sin descanso de su boca, o iban brotando porque sí, en cualquier parte remota y palpable. Era —pensé después— un universo saliendo del fondo negro de un sombrero de copa. Todo lo que pueda decir es pobre y miserable comparado con lo que dijo él aquella noche. Todo había desaparecido desde los primeros versos y yo estaba en el mundo perfecto donde el pescadito rojo disparaba en rápidas curvas por el agua verdosa del estanque, meciendo suavemente las algas y haciéndose como un músculo largo y sonrosado cuando llegaba a tocarlo el rayo de luna. A veces venía un viento fresco y alegre que me tocaba el pelo. Entonces las aguas temblaban y el pescadito rojo dibujaba figuras frenéticas, buscando librarse de la estocada del rayo de luna que entraba y salía del estanque, persiguiendo el corazón verde de las aguas. Un rumor de coro distante surgía de las conchas huecas, semihundidas en la arena del fondo.

Pasamos después mucho rato sin hablar. Me estuve quieto, mirando al suelo; cuando la sombra de la última imagen salió por la ventana, me pasé una mano por la cara y murmuré gracias. Él hablaba ya de otra cosa, pero su voz había quedado empapada con aquello y me bastaba oírlo para continuar vibrando con la historia del pescadito rojo. Me mortificaba la idea de que era forzoso retribuir a Cordes sus versos. Pero ¿qué ofrecerle de toda aquella papelería que llenaba mis valijas? Nada más lejos de mí que la idea de mostrar a Cordes que yo también sabía escribir. Nunca lo supo y nunca me preocupó. Todo lo escrito no era más que un montón de fracasos. Recordé de pronto la aventura de la bahía de Arrak. Me acerqué a Cordes, sonriendo, y le puse las manos en los hombros. Y le conté, vacilando al principio como vacilaba el barco al partir, embriagándome en seguida con mis propios sueños.

Las velas del *Gaviota* infladas por el viento, el sol en la cadena del ancla, las botas altas hasta las rodillas, los pies descalzos de los marineros, la marinería, las botellas de ginebra que sonaban contra los vasos en el camarote, la primera noche de tormenta, el motín en la hora de la siesta, el cuerpo alargado del ecuatoriano que ahorcamos al ponerse el sol. El barco sin nombre, el capitán Olaff, la brújula del náufrago, la llegada a ciegas a la bahía de arena blanca que no figuraba en ningún mapa. Y la medianoche en que, formada la tripulación en cubierta, el capitán Olaff hizo disparar veintiún cañonazos contra la luna que, justamente veinte años atrás, había frustrado su entrevista de amor con la mujer egipcia de los cuatro maridos.

Hablaba rápidamente, queriendo contarlo todo, transmitir a Cordes el mismo interés que yo sentía. Cada uno da lo que tiene. ¿Qué otra cosa podía ofrecerle? Hablé lleno de alegría y entusiasmo, paseándome a veces, sentándome encima de la mesa, tratando de ajustar mi mímica a lo que iba contando. Hablé hasta que una oscura intuición me hizo examinar el rostro de Cordes. Fue como si, corriendo en la noche, me diera de narices contra un muro. Quedé humillado, entontecido. No era la incomprensión lo que había en su cara, sino una expresión de lástima y distancia. No recuerdo qué broma cobarde empleé para burlarme de mí mismo y dejar de hablar. Él dijo:

—Es muy hermoso... Sí. Pero no entiendo bien si todo eso es un plan para un cuento o algo así.

Yo estaba temblando de rabia por haberme lanzado a hablar, furioso contra mí mismo por haber mostrado mi secreto.

—No, ningún plan. Tengo asco por todo, ¿me entiende? Por la gente, la vida, los versos con cuello almidonado. Me tiro en un rincón y me imagino todo eso. Cosas así y suciedades, todas las noches.

Algo estaba muerto entre nosotros. Me puse el saco y lo acompañé unas cuadras.

Estoy cansado; pasé la noche escribiendo y ya debe ser muy tarde. Cordes, Ester y todo el mundo, *mene frego*. Pueden pensar lo que les dé la gana, lo que deben limitarse a pensar. La pared de enfrente empieza a quedar blanca y algunos ruidos, recién despiertos, llegan desde lejos. Lázaro no ha venido y es posible que no lo vea hasta mañana. A veces pienso que esta bestia es mejor que yo. Que, a fin de cuentas, es él el poeta y el soñador. Yo soy un pobre hombre que se vuelve por las noches hacia la sombra de la pared para pensar cosas disparatadas y fantásticas. Lázaro es un cretino pero tiene fe, cree en algo. Sin embargo, ama la vida y sólo así es posible ser un poeta.

Apagué la luz y estuve un rato inmóvil. Tengo la sensación de que hace ya muchas horas que terminaron los ruidos de la noche; tantas, que debía estar ya el sol alto. El cansancio me trae pensamientos sin esperanza. Hubo un mensaje que lanzara mi juventud a la vida; estaba hecho con palabras de desafío y confianza. Se lo debe haber tragado el agua como a las botellas de los náufragos. Hace un par de años que creí haber encontrado la felicidad. Pensaba haber llegado a un escepticismo casi absoluto y estaba seguro de que me bastaría comer todos los días, no andar desnudo, fumar y leer algún libro de vez en cuando para ser feliz. Esto y lo que pudiera soñar despierto, abriendo los ojos a la noche retinta. Hasta me asombraba haber demorado tanto tiempo para descubrirlo. Pero ahora siento que mi vida no es más que el paso de fracciones de tiempo, una y otra, como el ruido de un reloj, el agua que corre, moneda que se cuenta.

Estoy tirado y el tiempo pasa. Estoy frente a la cara peluda de Lázaro, sobre el patio de ladrillos, las gordas mujeres que lavan la pileta, los malevos que fuman con el pucho en los labios. Yo estoy tirado y el tiempo se arrastra, indiferente, a mi derecha y a mi izquierda.

Esta es la noche; quien no pudo sentirla así, no la conoce. Todo en la vida es mierda y ahora estamos ciegos en la noche, atentos y sin comprender. Hay en el fondo, lejos, un coro de perros, algún gallo canta de vez en cuando, al norte, al sur, en cualquier parte ignorada. Las pitadas de los vigilantes se repiten sinuosas y mueren. En la ventana de enfrente, atravesando el patio, alguno ronca y se queja entre sueños. El cielo está pálido y tranquilo, vigilando los grandes montones de sombra en el patio. Un ruido breve, como un chasquido, me hace mirar hacia arriba. Estoy seguro de poder descubrir una arruga justamente en el sitio donde ha gritado una golondrina. Respiro el primer aire que anuncia la madrugada hasta llenarme los pulmones; hay una humedad fría tocándome la frente en la ventana. Pero toda la noche está, inapresable, tensa, alargando su alma fina y misteriosa en el chorro de la canilla mal cerrada, en la pileta de *portland* del patio. Esta es la noche. Yo soy un hombre solitario que fuma en un sitio cualquiera de la ciudad; la noche me rodea, se cumple como un rito, gradualmente, y yo nada tengo que ver con ella. Hay momentos, apenas, en que los golpes de mi sangre en las sienes se acompasan con el latido de la noche. He fumado mi cigarrillo hasta el fin, sin moverme.

Las extraordinarias confesiones de Eladio Linacero. Sonrío en paz, abro la boca, hago chocar los dientes y muerdo suavemente la noche. Todo es inútil y hay que tener por lo menos el valor de no usar pretextos. Me hubiera gustado clavar la noche en el papel como a una gran mariposa nocturna. Pero, en cambio, fue ella la que me alzó entre sus aguas como el cuerpo lívido de un muerto y me arrastra, inexorable, entre fríos y vagas espumas, noche abajo.

Esta es la noche. Voy a tirarme en la cama, enfriado, muerto de cansancio, buscando dormirme antes de que llegue la mañana, sin fuerzas ya para esperar el cuerpo húmedo de la muchacha en la vieja cabaña de troncos.

PARA UNA TUMBA SIN NOMBRE

Para Litty

I

Todos nosotros, los notables, los que tenemos derecho a jugar al póker en el Club Progreso y a dibujar iniciales con entumecida vanidad al pie de las cuentas por copas o comidas en la Plaza. Todos nosotros sabemos cómo es un entierro en Santa María. Algunos fuimos, en su oportunidad, el mejor amigo de la familia; se nos ofreció el privilegio de ver la cosa desde un principio y, además, el privilegio de iniciarla.

Es mejor, más armonioso, que la cosa empiece de noche, después y antes del sol. Fuimos a lo de Miramonte o a lo de Grimm, "Cochería Suiza". A veces, hablo de los veteranos, podíamos optar; otras, la elección se había decidido en rincones de la casa de duelo, por una razón, por diez o por ninguna. Yo, cuando puedo, elijo a Grimm para las familias viejas. Se sienten más cómodas con la brutalidad o indiferencia de Grimm, que insiste en hacer personalmente todo lo indispensable y lo que inventa por capricho. Prefieren al viejo Grimm por motivos raciales, esto puede verlo cualquiera; pero yo he visto, además, que agradecen su falta de hipocresía, el alivio que les proporciona enfrentando a la muerte como un negocio, considerando al cadáver como un simple bulto transportable.

Hemos ido, casi siempre en la madrugada, serios pero cómodos en la desgracia, con una premeditada voz varonil y no cautelosa, a golpear en la puerta eternamente iluminada de Miramonte o de Grimm. Miramonte, en cambio, confía todo, en apariencia, a los empleados y se dedica, vestido de negro, peinado de negro, con su triste bigote negro y el brillo discretamente equívoco de los ojos de mulato, a mezclarse entre los dolientes, a estrechar manos y difundir consuelos. Esto les gusta a los otros, a los que no tuvieron abuelos arando en la Colonia; también lo he visto. Golpeamos, golpeo bajo el letrero luminoso violeta y explico mi misión a uno de los dos, al gringo o al mulato; cualquiera de ellos la conocía cinco minutos después del último suspiro, y aguardaba. Grimm bosteza, se pone los anteojos y abre un libro enorme.

—¿Qué es lo que quieren? —pregunto. Lo digo, sabiéndolo o calculando.

—¡Qué desgracia; tan joven! Por fin descansa, tan viejo —dice Miramonte, a toda hora sin sueño y vestido como para un antiguo baile de medio pelo.

Sabemos también, todos nosotros, que los dos ofrecen o imponen sin lucha un fúnebre con dos cocheros, una carroza para las flores, remises, hachones, velas gruesas, cristos torturados. Sabemos que a las diez o a las cuatro desfilamos todos nosotros por la ciudad, por un costado de la plaza Brausen, por los fondos tapiados de la quinta de Guerrero, por el camino en pendiente, irregular, casi solamente usado para eso, que lleva al cementerio grande, común en un tiempo para la ciudad y la Colonia. Golpeándonos después, a cada bache, contra las capotas de los coches y disimulándolo; no al trote, pero ya a buen paso, apreciando cada uno la impaciencia colectiva por desembarazarse, manteniendo vivas, a pulmón y con sonrisas, conversaciones, diluidas charlas que nos apartan del muerto oblongo. También sabemos de las misas de cuerpo presente, el murmullo acelerado e incomprensible, la llovizna gruesa de agua bendita. Comparamos —nosotros, los veteranos— las actuaciones del difunto padre Bergner con las de su sucesor, este italiano, Favieri, chico, negro, escuálido, con su indomable expresión provocativa, casi obscena.

Sabemos también de necrologías recitadas y las soportamos mirando la tierra, el sombrero contra el pubis.

Todo eso sabemos. Todos nosotros sabemos cómo es un entierro en Santa María, podemos describirlo a un forastero, contarlo epistolarmente a un pariente lejano. Pero esto no lo sabíamos; este entierro, esta manera de enterrar.

Empecé a saberlo, desaprensivo, irónico, sin sospechar que estaba enterándome, cuando el habilitado de Miramonte vino a sentarse a mi mesa en el Universal, un sábado poco antes de mediodía; pidió permiso y me habló del hígado de su suegra. Exageraba, mentía un poco, andaba buscando alarmas. No le hice el gusto. Tiene largos los bigotes y los puños de la camisa, mueve la manos frente a la boca como apartando moscas con languidez. Sugerí, por antipatía, la extracción de la vesícula, me dejé invitar y, a través de la ventana enjabonada, miré con entusiasmo el verano en la plaza, intuí una dicha más allá de las nubes secas en los vidrios. Después mencionó al chivo —fue ésa la primera noticia que tuve y podría no haberla oído—, mientras yo fumaba y él no, porque es avaro y remero y supone un futuro para el cual cuidarse. Yo fumaba, repito, desviando la cara para hacerle entender que debía irse, mirando el torbellino blanco que habían dejado en el vidrio de la ventana el jabón y el estropajo, convenciéndome de que el verano estaba de vuelta. Fue entonces que dijo:

—...este chico de los Malabia, el menor.

—El único. El único que les queda —comenté de costado, maligno y cortés.

—Perdone, es la costumbre; eran dos. Una gran persona, Federico.

—Sí —dije, volviéndome para mirarle los ojos y causarle algún dolor—. Lo enterró Grimm. Un servicio perfecto. (Pero él, Caseros, el habilitado de Miramonte, confiaba en que más tarde en el mediodía yo iba a decir sarcoma hablando de su suegra. No quería irse; hizo bien, según supe después.)

—El señor Grimm es un decano en su profesión —elogió; mordió una aceituna, miró el carozo en el hueco de una mano.

Y aquel verano se me mostraba, atenuado por la confusión de la nube blancuzca en el vidrio de la ventana, encima de la plaza, en la plaza misma, en el río calmo a cuatro o cinco cuadras. Era el verano, hinchándose perezoso a treinta metros, cargado de aire lento, de nada, del olor de los jazmines que acarrearían de las quintas, de la ternura del perfume de una piel ajena calentándose en su sol.

—El verano —dije, más o menos directamente, a él o a la mesa.

—Vino el chico Malabia, como le decía, y me hablaba tragándose las palabras. Entendí que era un duelo. Pero no tenía, que supiera, un solo familiar enfermo; aunque, claro, podía ser una ataque o accidente o en forma inesperada, y me pide, cuando nos entendemos, el sepelio más barato que le pueda conseguir. Lo veo nervioso y pálido, con las manos en los bolsillos, apoyado en el mostrador. Le hablo de esta mañana, en cuanto abrí, porque el señor Miramonte me confía las llaves y hay días que ni viene. Un sepelio. Le pregunto, extrañado y con miedo, si se trata de un familiar. Pero mueve la cabeza y dice que no, que es una mujer que murió en uno de los ranchos de la costa. Por discreción no quise preguntar mucho más. Le doy un precio y se queda callado, como pensando. Pero, me dije en seguida, si no paga él, está el padre. El muchacho es, usted lo conoce, bastante orgulloso, serio. No como el otro, el mayor, Federico, de que hablábamos. Sin embargo, le dije que no se preocupara por el pago. Pero él que no, con las manos en los bolsillos, muerto de sueño sin querer mirarme, preguntando por el precio al contado del entierro más barato. Sacó dinero del bolsillo y lo puso, contándolo, arriba del mostrador. Alcanzaba, sin ganancia, para el ataúd y el fúnebre; nada más. Le dije que sí y me dio la dirección, en el rancherío de la costa, para hoy a las cuatro. Tenía un certificado de defunción, correcto, de ese médico nuevo que está en el policlínico.

—El hospital —dije.

—El doctor Ríos —insistió con entusiasmo—. Así que a las cuatro le mando el coche. Por la edad podría ser casi la madre, le lleva como quince años. No entiendo. Si fuera una amiga de la familia, una conocida, una sirvienta, hubiera venido el padre; o él mismo, pero no a regatear, no a insistir en pagar al contado, no a enterrar a la mujer esa casi como a un perro. Rita García creo, o González, soltera, un infarto, treinta y cinco años, los pulmones rotos. ¿Usted comprende?

No comprendía nada. No le hablé de cáncer sino de esperanzas, lo dejé pagar.

—¿Y en qué lado del rancherío?

—Cerca de la fábrica. Trató de explicarme. Claro que el cochero va y pregunta y en seguida le dicen. Conoce, además.

—¿En el cementerio grande?

—¿Dónde creía? ¿En la Colonia? Fosa común dentro de un mes. Pero siempre se guardan las apariencias —me tranquilizó. Y fue entonces que dijo—: Además hay un chivo. Tenía, criaba la mujer. Un chivo viejo. Lo averigüé después que el chico de Malabia vino a contratar.

Así que en seguida de la siesta me metí con el automóvil en el verano, con pocas ganas de estar triste. A las cuatro y cuarto estaba en los portones del cementerio, acuclillado en el fin de la pendiente del camino, fumando. El verano, las tramposas incitaciones de tantos veranos anteriores, las columnas de humos de cocina en la altura.

Serían las cuatro y media cuando vi o empecé a ver con desconfianza, casi con odio. El guardián había salido a la calle —los terrones grises, algunas vetas profundas de tierra casi húmeda—, saludó y quiso hablarme; dos hombres en mangas de camisa, con pañuelos pequeños apretados en el cuello para absorber el sudor de la tarea inminente, esperaban aburridos, apoyados en el portón.

No llegaron desde arriba, desde el camino de los entierros que todos nosotros conocemos. Vinieron desde la izquierda y se presentaron por sorpresa, agigantándose con lentitud en la cinta soleada de tierra; los tres o los cuatro, después de haber hecho un extenso rodeo, negándose al intinerario de entierro que todos nosotros creíamos inevitable, suprimiendo la ciudad. Un camino muchísimo más largo, incómodo, enrevesado entre ranchos y quintas pobres, impedido por zanjas, gallinas y vacas adormecidas. Lo reconstruí después, en mi casa, mientras el muchacho hablaba tratando de convencerme de cosas que él sólo suponía o ignoraba.

El guardián del cementerio lleva un garrote inútil colgado de un brazo. Salió a la calle y miró a los lados. Yo fumaba sentado en una piedra; los dos tipos en camisa callaban recostados, las manos colgando, en la cintura, en los bolsillos de los pantalones. Era eso. Algún cactus, la pared del cementerio de piedra sobre piedra, un mugido reiterado en el fondo invisible de la tarde. Y el verano aún irresoluto en su sol blanco y tanteador, el zumbido, la insistencia de las moscas recién nacidas, el olor a nafta que me venía indolente desde el coche. El verano, el sudor como rocío y la pereza. El viejo tosió para mí y estuvo reconstruyendo palabras sucias. Entonces me levanté para descansar, vi el camino desnudo, miré hacia la izquierda y fui haciendo con lentitud la mueca de odio y desconfianza.

Bamboleando su cúpula brillosa y negra, el coche fúnebre trepaba la calle, despacio, arrastrado por una yunta sin teñir. Vi la cruz retinta, la galera del cochero y su pequeña cabeza ladeada, los caballos enanos, reacios, de color escandaloso, casi mulas tirando de un arado. Luego, solidificada por el sol, trepando flojamente, parda y dorada, la nube de polvo. Y en seguida después de su muerte, inmediatamente después que la luz sin prisas volvió a ocupar la zona de tierra removida, los vi a ellos, medí su enfermiza aproximación, vi las dos nubecillas que se alzaban, renovándose, para ponerles fondo, independientes, sin unirse. Entretanto, se me iba acercando la cara del cochero reclinado en el alto asiento del fúnebre, su expresión de vejada paciencia.

Eso, este entierro. Un coche cargado con un muerto, como siempre. Pero detrás, a media cuadra, encogidos, derrengados, resueltos sin embargo a llegar al cementerio aunque éste quedara dos leguas más lejos, el muchacho y el chivo, un poco rezagada la bestia, conducida o apenas guiada por una gruesa cuerda, casi en tres patas, pero sin negarse a caminar. Nada más, nadie; el último temblor del polvo asentándose, el ardor manso de la luz en el camino.

—Déjeme a mí —dijo el más flaco de los hombres en camisa, desprendiéndose del portón y saliendo a la calle. Palmeó el hombre del guardián que rezongaba con la cabeza alzada hacia el pescante del fúnebre—. ¿Por qué no entra, Barrientos? Después tenemos cerveza en la cripta.

El coche se había detenido sin violencia, sin esfuerzo de las riendas, sin voluntad de la yunta huesuda y cabizbaja, de manera tan absoluta, definitiva, que era difícil creer que aquello se había movido nunca. El sudor de los caballos revivía la negrura austera de manchas de betún sobrantes de anteriores entierros, un olor triste rodeó en seguida al coche y a los animales, ayudó a la quietud asombrosa a separarlos de la tarde y del mundo. La voz descendió lenta, hostil y exasperante como el canto de un pájaro de lata.

—Está contra las leyes, y usted lo sabe —dijo Barrientos, el cochero—. Tengo tanta sed que ya no me importa tomar cerveza o meada de caballo.

Barrientos tenía una cara vieja y blanda, con ojos pequeños y sin brillo bajo las cejas grises, salientes; con una gran boca delgada en arco introducida en la barbilla mal afeitada; con una emocionante máscara de rencor resignado.

—Qué le cuesta, Barrientos —insistió el tipo—. No hay peligro, no hay ningún otro entierro para hoy. Calcule que el agujero está en el fondo, como a diez cuadras, y no acompañó nadie para cargar.

—Ya sé que no acompañó nadie, o mejor sería que de veras no hubiera acompañado nadie.

Nada en el mundo podría hacerlo sonreír; se echaba hacia atrás, aumentando su altura en el pescante, su amenazada importancia, sudando como si lo hiciera por gusto, para expresar sin palabras su protesta, para aliviar su humillación. Estaba envuelto en una capa de invierno que sólo descubría las manos; el alto sombrero aceitoso ostentaba una cucarda emplumada, negra y violeta. Sacó de alguna parte un toscano y se puso a morderlo.

—Calcule, Barrientos —dijo el otro, ya sin fe—. Diez cuadras y haciendo gambetas y nadie que ayude con las manijas. Entre el coche, aunque sea hasta la avenida.

Sin inclinarse, sin mover la cabeza, experto, Barrientos escupió la punta del toscano hacia la izquierda y encendió un fósforo.

—Que los ayude el chivo y el otro. Yo no entro mi coche al cementerio, me está prohibido, y tampoco ayudo. Un muerto pobre es lo mismo que un muerto rico. No es por eso —sujetaba el toscano en la mitad de la media luna de la boca y miraba, memorizando inconsolable, el humo azul que subía suavemente en la tarde sin viento—. Dos coches, veinte coches, para mí es lo mismo. Pero no cruzar toda la ciudad con el chivo y el otro atrás y la chusma asomada en los ranchos para reírse. Es indecente. Ni entro ni me bajo. Soy cochero. Que los ayude el chivo.

Rengo y con baba en la barba, con una pata entablillada, el chivo había llegado a la puerta del cementerio; refregaba el hocio en los pastos cortos de la zanja, sin llegar a comer. El muchacho de los Malabia estaba con los brazos cruzados, sin soltar la cuerda, soportando los tirones; despeinado, sucio y lustroso, me miraba desafiante, muerto de cansacio, inseguro de golpe, conservando por inercia el espíritu de desafío que le había permitido caminar más de cuarenta minutos detrás del fúnebre, arreando al chivo anciano y gigantesco.

El enterrador y Barrientos continuaban discutiendo sin pasión. Jorge Malabia desprendió al chivo de la zanja y se me vino con un gesto rabioso y perdonador, con esa mirada que usan los adolescentes, en un conflicto, para enfrentar a un hombre, a un viejo.

—¿Por qué está acá? —dijo, sin preguntar—. Ahora ya no tengo necesidad de nadie. Si no quieren llevarla me la pongo al hombro o la arrastro o la dejo aquí. Ya no me importa. Lo necesario era acompañarla; no yo: que el cabrón la acompañara. ¿Entiende? Nadie puede entender.

—Pasaba —mentí placentero—. Venía de ver un enfermo y estuve visitando el cementerio porque me dio por pensar en la próxima mudanza.

—Porque tengo un certificado en regla. ¿O vino para hacerle la autopsia? —quería burlarse o no quería escuchar el aburrido regateo del sepulturero y Barrientos a sus espaldas. Con un mechón casi rubio cruzándole la frente y pegado, con la gran nariz que sólo tendría sentido diez años después, con el cómico traje de última moda que se había traído de Buenos Aires.

—No habrá necesidad de dejar el cajón afuera —le dije, y me incliné para acariciar los cuernos del chivo—. Puedo ayudar.

Entonces el viejo, el guardián, contagiado de la historia de mortificación que segregaba Barrientos con indolencia desde la altura del pescante, se acercó y puso el palo sobre el hombro de Jorge.

—El chivo no entra —gritó—. ¿Me oye? El chivo no me entra al cementerio.

El muchacho no dejó de mirarme y me pareció que la pequeña sonrisa que fue haciendo era de alivio y esperanza.

—Deje de tocarme, viejo sucio —murmuró—. Guárdese la maderita.

Aparté al guardián y me ofrecí a cargar el ataúd. Barrientos se quedó fumando en el pescante, negro, sudoroso, agraviado. El viejo abría la marcha moviendo el garrote, volviéndose cada diez pasos para aconsejarnos. Éramos sólo cuatro personas y bastábamos, a pesar del calor y del terreno desparejo, del fantástico itinerario ondulante entre tumbas rasas y monumentos. Era, casi, como llevar una caja vacía, de madera sin barniz, con una cruz excavada en la tapa. El chivo había quedado en los portones, sujeto a la verja. Era como transportar en un sueño dichoso, en una tarde de principios de verano, entre ángeles, columnas truncas y abatidas mujeres —entre grabadas elegías, exaltaciones, promesas y fechas— el fantasma liviano de un muerto antiguo, entre planchas de madera nudosa por respeto y temor.

Pusimos el cajón en el suelo, un hombre se dejó caer sin ruido dentro de la fosa fresca. El muchacho me tocó un brazo.

—Se acabó —dijo—. Esto era todo, el resto no me interesa. Gracias, de todos modos.

Cuando llegamos a los portones desató al chivo y volvió a erguirse, todavía desafiante pero con un principio de apaciguamiento, joven, regresando a la cínica, enternecida seguridad de donde había sido desplazado.

—Podría haberla dejado aquí mismo y desinteresarme. El compromiso que me inventé era acompañarla hasta el cementerio con el cabrón. Creo que tiene una pata rota, hace unos días que apenas come. Me gustaría que usted pudiera hacer algo; pero no se preocupe, no vale la pena, y tal vez lo que corresponde es que nadie pueda hacer algo por él.

Sin mirarnos, desde su altura erguida sobre la negra inmovilidad del coche, sobre la desteñida quietud de los animales, Barrientos escupió y continuó fumando.

Contemplamos después en silencio la declinación del sol sobre la tierra y la verde colina sembrada a la derecha del cementerio. Estábamos cansados. Vi su complacida sonrisa, respiré el olor del chivo mezclándose con el lóbrego del coche y la yunta.

—¿Por qué no me hace preguntas? —dijo el muchacho—. Nadie me engaña. ¿Qué piensa hacer ahora?

Le di un cigarrillo y encendí otro.

—Podemos meter al animal en el asiento de atrás —contesté—. Podemos ir hasta mi casa y tratar de adivinar qué tiene en la pata y cuánto tiempo le queda para vivir. Es raro que me equivoque. No pienso hacer nada; nada que merezca ser preguntado en ese tono.

Pusimos al chivo en la parte trasera del coche —lo oí gemir y acomodarse, un ruido seco de bolas de billar, de nudillos contra una puerta— y empezamos a rodar hacia la ciudad. Oí después el jadeo del animal, incesante, isócrono, como un desperfecto del motor del auto. Tomé el camino que había hecho el cortejo fúnebre, porque era el más largo.

En la curva de Gramajo fui aflojando suavemente el acelerador y hablé.

—¿Cuánto hace que se le rompió la pata?

Se rió. Tenía la piernas cruzadas, las manos sobre el vientre.

—Un día, o dos días, o tres o una semana —dijo con lentitud, mirando el paisaje—. Las cosas se me mezclan al final o están mezcladas ahora. Después que duerma, veremos. El cabrón ya no tiene casa porque ella estaba viviendo de prestado en el rancho de una parienta, cuñada o tía. Una vieja inmunda, en todo caso. Pero no abuela, no llegaba a ser indispensable para que ella hubiera nacido. Así que lo llevaré a mi casa hasta que se muera y tendré que inventar una mentira estúpida porque son las únicas que creen. Pero usted, ¿por qué no pregunta? La pata del cabrón no le interesa. Pregunte por la mujer, por la muerta. Si era amante, si nos casamos en secreto, si era mi hermana emputecida.

Jugando al aplomo, a la madurez, sentado a mi izquierda en el automóvil, con los brazos cruzados sobre el vientre y las piernas, con su despeinada pelambre adolescente caída hacia los ojos, con su ridículo traje ciudadano. Yo manejaba con una mano y sostenía el cigarrillo con la otra; el chivo estertoraba a mis espaldas, inquieto y oloroso. No pensaba en la mujer; lo veía avanzar esforzándose por la calle del cementerio, separado de mí por el ataúd de peso absurdo; flaco, joven, noble, empecinado, jugando correctamente hasta el final el juego que se había impuesto, ardoroso y sin convicción verdadera. Boquiabierto por la sed y el cansancio, con su sorprendente saco oscuro, nuevo, entallado, cortísimo, de tres botones, con un pañuelo blanco amarillento asomando ordenadamente en el pecho, con un cuello duro y brillante, recién ensuciado, con una camisa que mostraba sus pálidas listas en el triángulo del chaleco de terciopelo.

—Oh! —le dije—, sólo me interesa ser útil. Tal vez pueda curar al chivo; ya no a la mujer, sea quien sea.

Asintió con la cabeza y volvió a reír: siempre lleno de seguridad y pidiendo, sin ilusiones, comprensión. Llegamos a la calera y doblé a la derecha para subir hacia el centro.

—Espere, pare —dijo tocándome el brazo. Paré y encendí un cigarrillo; él no quiso otro—. ¿Puede matarlo? Al cabrón. Vamos a su casa y le da una inyección. Éste va a ser otro entierro.

—No entiendo mucho de chivos. Pero puedo tratar de curarlo.

—Está bien, siga. Si toma por la costa puede dejarme en casa.

Cuando llegamos no quise ayudarlo a bajar al chivo. Vi por el espejo del parabrisas que el animal no quería caminar; la tablita en la pata, sujeta con tiras de bramante, parecía un vástago de arbusto. El muchacho estuvo inspeccionando el frente de la casa y después se acercó, sonriendo, al coche.

—Deme ahora un cigarrillo, por favor. Los gasté todos en el velorio; casi, casi fue un velorio de dos, como el entierro. El cabrón no le ensució el coche. Se va a morir y tiene que ser así. Ya me veo haciendo un pozo en el jardín. Bueno, le doy las gracias por algunas cosas que usted ni sospecha.

Me acomodé en el asiento y puse las manos en el volante. A través del vidrio de la ventanilla subido a medias nos miramos fumando, los dos con el cigarrillo colgado de la boca.

—Báñese y duerma —le dije—. Si no se muere el chivo, estoy a sus órdenes para curarlo.

—Bueno —murmuró, haciendo temblar el cigarrillo—. Además, tengo que darle las gracias por no tutearme.

II

Dije que el entierro se hizo un sábado. Al siguiente, a las seis o siete de la tarde, Jorge subió la escalera de mi casa, cruzó la sala vacía y vino a golpear en los vidrios de la puerta. Dos golpes, el segundo más audaz. Yo estaba aburrido, leyendo con trabajo las fantasías de Pende, oyendo con un oído, por la ventana abierta, el zumbido de la tarde en la plaza.

No traía entonces el traje ciudadano sino otro disfraz, casi ya un uniforme, usado por los jóvenes no definitivamente pobres de Santa María en aquel verano: pantalones azules muy ajustados, una camisa a cuadros abierta, una blusa de cuero delgado con cremallera, alpargatas. Me dio un cigarrillo —eran norteamericanos y dejó el paquete sobre el escritorio— y anduvo dando vueltas, mirando lomos de libros, el movimiento en la plaza. Después vino a sentarse en un ángulo del escritorio y sonrió disculpándose y admitiendo, quemando velozmente un resto de rencor.

—Se lo debía y vine —dijo con sencillez—. Murió. Recién hoy a mediodía. No pude conseguir que comiera. Yo había pensado, en serio, matarlo. Pero no hubo necesidad y, después de todo, no era más que un animal y lo mismo daba que estuviera muerto o vivo. Eso sí, le hice el agujero yo mismo y lo enterré. Era curioso verlo muerto: tenía la panza hinchada pero las patas eran como esas maderitas frágiles, blanqui-negras, de las ovejitas de juguete. La otra, claro, era distinto.

Vi que estaba fanfarroneando, que no se le animaba de veras al recuerdo. Hablamos, llenos los dos de disimulo, sobre estudios, mujeres, la ciudad y la teoría de

Pende. Fuimos a comer al Berna, cruzamos de vuelta la plaza con dos botellas de vino, atravesando el sábado estival poblado de parejas y familias, henchido de la inevitable, domesticada nostalgia que imponen el río y sus olores, el invisible semicírculo de campo chato.

Otra vez volvió a mirar los libros y a sentarse en la esquina del escritorio.

—Es increíble —dijo—. Acaso usted pueda ayudarme a creerlo o a dejar de creer. Porque da lo mismo. Usted sabe: hay cosas que ocurren, que nos dominan mientras están sucediendo; podríamos dar la vida para ayudarlas a suceder, nos sentimos responsables de su cumplimiento. Yo cargué con todo; pero mi participación, de veras, había durado cuatro o cinco días y terminó, mucho después, el sábado en el cementerio. O terminó, esta vez para siempre, ayer de tarde, cuando trabajé con la pala en los fondos de casa y abrí una tumba, apenas suficiente, para un cabrón viejo y hediondo —aunque fue recién entonces, muerto, que dejó de oler—, con patas rígidas de madera saliendo paralelas de los lacios pelos amarillos de vejez.

—Sí —asentí; no buscaba orientarme ni tampoco incitarlo a que contara: deseaba que aquello me viniera como de Dios, sorprendiéndome sin violencia—. No entiendo nada hasta ahora y me niego a sospechar. Pero eso sí lo comprendo. Aunque también es posible que su participación concluya, de verdad, cuando haya terminado de contar.

—También —dijo dócilmente, y sonrió agradecido—. Puede ser. Porque eso lo viví, o lo fui sabiendo, a pedazos. Y los pedazos que se iban presentando estaban muy separados —sobre todo por el tiempo y por las cosas que yo había hecho en los entreactos— de cada pedazo anterior. Nunca vi verdaderamente la historia completa. El momento ideal hubiera sido hace una semana, en el velorio, en aquella parte extraordinaria del velorio en que ella y yo estábamos a solas. Sin contar el chivo, claro. Pero entonces lo único que me importaba era la piedad. Todos los pedazos de la historia que pude recordar sólo me servían para excitar mi piedad, para irme manteniendo en la madrugada en aquel punto exacto del sufrimiento que me hacía feliz; un poco más acá de las lágrimas, sintiéndolas formarse y no salir. Y, además, el rencor contra el mundo. Esto al pie de la letra: todo el mundo, todos nosotros. Lo que recordaba iba nutriendo la piedad, el rencor y el remordimiento y éstos me empujaban hasta el borde del llanto como me empujaron hace tiempo hasta el borde del casamiento, pero nada más que hasta el borde. Yo me salvo siempre. Y ni siquiera cuando hablábamos con Tito de la historia pude sentirla como una cosa completa, con su orden engañoso pero implacable, como algo con principio y fin, como algo verdadero, en suma. Tal vez ocurra ahora, cuando se la cuente, si encuentro la manera exacta de hacerlo.

—Pruebe —aconsejé suavemente—; pero sin buscar. Acaso tenga suerte. Vamos a tomar un poco de vino.

Lo vi sonreír mientras se inclinaba para llenar los vasos. Un corto mechón de pelo bronceado se le abría sobre la frente. Algo auténtico y puro, una jubilosa forma de la nobleza triunfaba de sus ropas ridículas, de la frivolidad, la egolatría y la resolución de sentirse vivo a cualquier precio. Y ese algo y esa forma no procedían de la experiencia que pudiera recordar o continuara impregnándolo aunque no la recordara; se le acercaban como una lenta nube, desde los años futuros y próximos. No podría, por lo tanto, olvidarlos o rehuirlos. Así que, mientras lo miraba morder el vaso para beber ansioso, como con verdadera sed, adiviné que si lograba contarme la historia iría gastando al decirla lo que le quedaba aún de adolescente. No sus restos de infancia: no se le morirían jamás. La adolescencia; los conflictos tontos, la irresponsabilidad, la inútil dureza. Lo estuve observando en soslayada despedida, con pena y orgullo.

Fue y vino por la sala con el vaso en la mano, sin ruido sobre la alfombra y la estopa de las alpargatas.

—¿No le molesta que camine? —preguntó; bebía con la cara hacia la ventana, hacia la pequeña noche de la plaza, provincial, húmeda, con sonidos de automóviles y música, con algunos gritos de muchachas.

—La historia —dijo, para ayudarse o para anunciar— empezó hace mucho, dos años en cuanto a mí, o más. Pero cuando digo más no se trata de la misma mujer. Porque ahí estaban, a media cuadra de mi casa, de mi pensión, de mi ventana, cada anochecer y a veces casi hasta el fin de la noche —cuando llegaba el tren de Mar del Plata— los únicos que no variaron aunque envejecieran, y son imprescindibles. La mujer y el chivo, la mujer que fue joven y el cabrón que fue cabrito.

"Y fíjese en esto, algo que me preocupó mucho aunque ahora no podría decirle por qué me preocupaba. Ella debe haber estado allí, en la estación, cumpliendo su guardia, su turno de trabajo, como un vigilante en la parada, durante todo el primer año, sin que ni Tito ni yo nos diéramos cuenta. Quiero decir que no sólo no nos dimos cuenta de lo que ella significaba —pequeña, oscura, miserable, sosteniendo al chivo de la cuerda junto a las enormes escaleras de la entrada de la estación sobre la plaza— sino que ni siquiera la vimos. Y es forzoso que hayamos pasado cientos de veces junto a ella, para tomar el *subte* o ir a la pizzería o a tomar cerveza en las jarras de madera de la Munich.

"Lo supimos recién al final de aquel primer año. Y fíjese también en esto: lo supimos aquí, en Santa María, durante las vacaciones. No recuerdo si el Tito o yo, cuál

84

fue el primero en enterarse. Pero hablamos, una tarde en el club, mientras tomábamos sol y mirábamos las pruebas de natación en la pileta, poco interesados porque el primer año de Buenos Aires nos había apartado de todo esto. O exigíamos que la gente de Santa María nos imaginara apartados, distintos, forasteros, y hacíamos todo lo posible para imponer esta imagen. Mirábamos las zambullidas esperando el fin del domingo, la hora en que empezaría el baile, la fiesta calurosa que atravesaríamos, hasta el final, hasta que apagaran el último de los farolitos de papel de la guirnalda, con sonrisas inmóviles, con sudorosas caras de aburrimiento y tolerancia.

"Nos dio rabia, nos sentimos humillados porque se trataba de Godoy, el comisionista. Podíamos verlo, gordo, bigotudo, viejo, descubriendo a la muchacha en la estación, dándole o negándole unas monedas, escondiéndose en las columnas para espiarla. Y, probablemente, la primera vez que pasó a su lado; mientras nosotros habíamos estado ciegos durante casi un año. Rabiosos y humillados porque él había puesto, antes que nosotros, las puercas manos, la puerca voz en la historia de Rita y el chivo. Más adelante esto dejó de importarnos porque la historia de él era otra, mentirosa, ya que era indigno de la verdad y del secreto. Pero si dejamos de sufrir por su voz regateando desconfiada un precio de boleto con la muchacha, aquella noche del encuentro en Constitución, la voz, a medida que nosotros fuimos sabiendo, se nos hizo más odiosa e insoportable. Quiero decir, la voz sofocada de Godoy repartiendo la historia, la mezquina parte de la historia que le fue permitido conocer, a todos sus amigos de Santa María, en cuanto volvió de aquel viaje.

"Pero, de todos modos, fue así como nos enteramos. Y cuando nombro el sufrimiento, me anticipo. El sufrimiento vino después, cuando empezamos a saber a qué se había acercado Godoy aquella noche en la estación. Al principio sólo sentimos despecho: que él, Godoy, gordo, imbécil, de cuarenta años o más, hubiera descubierto antes que nosotros lo que había estado, una noche y otra, esperándonos al paso, puntualmente, en el camino que recorríamos los dos cuatro veces diarias.

"El tipo, cargado de valijas porque acababa de llegar de alguna excursión comercial por el sur. Y la casualidad de la lluvia; no tendría puesto el impermeable o quería evitar que se le mojaran los anteojos o los bigotes. No siguió de largo, no bajó la escalera en seguida para buscar un taxi. Se quedó rezongando bajo el gran arco de la salida, bajo la luz que caía del techo. También ella, para protegerse o proteger al chivo que, sin saberlo, había dejado de odiar, no se ayudaba con la complicidad enternecedora del desamparo de la calle. Estaba arriba, en la zona iluminada de la salida, examinando a los que pasaban y eligiendo, casi no equivocándose nunca, con adiestrada intuición.

"Así fue como nos enteramos, Tito y yo, aquí, en Santa María. 'Estaba esperando que dejara de llover o que se despejara el grupo de los que cazaban taxis, cuando se me acercó la mujer arrastrando al chivito y me pide si puedo ayudarla con algo. Me dice —y me huelo desde el principio que es cuento— que viene de no sé dónde y que la tía o la cuñada quedaron en esperarla en la estación y está allí desde las cinco de la tarde, sin un centavo para tomar un coche que la lleve, a ella y al chivo, hasta una dirección en la otra punta de la ciudad, afuera del mapa, claro, para que el viaje sea lo bastante caro y yo no pueda arreglarla con moneditas. Le hago algunas preguntas y contesta bien; se las sabe de memoria. Viene de Coronel Guido, por ejemplo, y la tía o la prima, vive por Villa Ortúzar. Me muestra un papelito sucio con la dirección. Le digo que no se preocupe, que se tome un mateo, porque cualquier chofer de taxi va a defender el tapizado de la suciedad del chivo, y, cuando llega, la familia paga. También ésta se la sabía. Puede ser que la tía se haya ido a un baile o a un velorio, que no esté en casa; o puede ser que esté y no tenga dinero para pagar el viaje. Todo este tiempo, mientras charlamos y ella llora un poco, sin aspavientos, perdida en la gran ciudad, y en una noche de lluvia, y con un chivo todavía tierno que trae como pago de la hospitalidad porque a un tipo indefinido, macho de la tía, la cuñada o la hermana, le gustan mucho asados. Todo este tiempo yo diciéndome: esta cara la conozco. No lo digo para justificarme, porque si no hubiera sido imbécil no compruebo la cosa. Un poco que me había ido muy bien en el sur y me traía órdenes por muchos miles; otro, aquella idea de que no era la primera vez que le ponía los ojos encima. Entonces, de golpe me aburro y me empieza a dar vergüenza de los que se habían parado por allí para mirarnos y escuchar con disimulo. Le pregunto si no la conozco de antes, si nunca vivió en Santa María, porque era por aquí que la andaba rastreando. Dice que no y ni siquiera sabe dónde queda Santa María. Entonces, de golpe, le digo: venga. Se me asusta un poco pero me sigue. Todos mirando, yo con las valijas escalera abajo, metiéndome en la lluvia sin miras de parar y ella un poco atrás, con el chivo que resbalaba en los escalones, o los bajó rodando, o ella lo bajó alzado. No me di vuelta para mirar. La llevo hasta la pila de los matungos y discuto el precio con un cochero; ya entonces con rabia contra mí mismo y pensando que no me voy a corregir nunca; pero no podía frenar. A ella no le gustaba nada la cosa y me tocaba el brazo, con miedo de que le diera los billetes al cochero. Pero se los di a ella, bastan-

87

tes para llevar una manada de chivos a Villa Ortúzar, o donde fuera, ida y vuelta, y a lo mejor la ayudé a acomodarse, con los paquetes y el animal. Y hasta le debo haber dicho alguna frasecita de despedida: estamos para ayudarnos, hoy por vos y mañana por mí. Algo de eso, empapándome en la lluvia, insultándome con ganas y despacio, mientras el cochero revoleaba el látigo y se iban por Hornos al trotecito para dar después la vuelta porque es contramano. Crucé la calle, me metí en un restaurante y me olvidé del asunto mientras comía. Ya serían como las diez cuando salí; vino de milagro un taxi vacío y le di la dirección del hotel. Entonces, de golpe, me acuerdo quién había sido la mujer. Espere. Me acuerdo, asombrado de no haberlo visto antes, y hago justo lo que hizo ella. Le digo al chofer que pegue la vuelta a Constitución, que se me olvidó algo; y ya andábamos por el Correo. Entro por la puerta que no da a la plaza, me recorro otra vez la estación con las valijas, con los zapatos llenos de agua, y la agarro mansita en el mismo lugar, los paquetes, que quién sabe de qué serían, en el suelo, el chivo de la cuerda, haciéndole el cuento a un cura que ponía cara de no oírla. Me quedé ahí, mirando cómo, a buena hora, terminaba la lluvia, y ella por un rato no me vio. Hasta que el cura alzó una mano para despedirse, apartarla o darle la bendición, y se mandó mudar. Entonces nos quedamos solos, oyendo un tren que hacía maniobras y las últimas gotas de lluvia que caían de la marquesina. Yo buscándole los ojos con una sonrisa sobradora, hasta que me vio y me di cuenta que no sabía qué hacer, si ponerse a llorar o insultarme. Pensaba hablarle, no mucho del dinero que me había robado, más bien de Santa María y del tiempo que la conocía. Pero no sé qué me dio cuando se puso a recoger los paquetitos de ropa sucia o de aire, toda encogida, y tironeó despacito la cuerda del chivo que estaba quieto, como dormido. Lo alzó apenas con un brazo y la dejé ir sin decirle nada, la vi bajar la escalera y meterse paso a paso en la plaza, iniciando el viaje hasta la casa de la hermana o la abuelita en Villa Ortúzar, esta vez a pie. Bueno, era una tal Rita que criaron los Malabia, que era sirvienta, creo, de la loca Bergner, la viuda del mayor de los Malabia. Cuando llegó a moza y se cansó de ser sirvienta, anduvo haciéndose la loca con Marcos Bergner, yendo y viniendo en el autito de carrera colorado desde la casita de Marcos en la costa hasta el Plaza o cualquier boliche de donde no hubieran echado todavía a Marcos. Y que después, cuando él, como de costumbre, a los dos o tres meses tuvo bastante, hizo la loca con cualquiera que gastara unos pesos con ella. No en pagarle, eso tenía de raro; sólo en pagar copas, algún bife y en llevarla a cualquier lugar donde pudiera emborracharse y sobre todo bailar. La Rita, tienen que acordarse.'

"Yo me acordaba, y también Tito, aunque él, naturalmente, tenía mucho menos que recordar. La habían criado mis padres y me llevaba dos o tres años. Cuando mi hermano Federico se casó con la hermana de Marcos, y, después que volvieron del viaje de bodas, ella se convirtió en algo así como la mucama de Julita, mi cuñada. Algo así, digo, porque Julita estaba loca antes de ser loca, antes de que muriera mi hermano. Nunca pudo clasificar a nadie, nunca mantuvo con nadie relaciones precisas. Así que Rita fue para ella, sucesivamente y tal vez con inmutables repeticiones cíclicas, una sirvienta, una amiga íntima, una hija, un perro, un espía, una hermana. Y también una rival, otra mujer a la que celaba. Porque Julita tenía celos hasta del caballo de Federico, que ni siquiera era yegua, y amaba este sufrimiento celoso, cultivaba todo lo que pudiera proporcionarle este sufrimiento porque necesitaba sentir, exacerbados todos

89

los elementos que formaban su amor por Federico, mi hermano.

"Pero Federico, como usted sabe, murió muy pronto. Entonces ella, Rita, sin dejar de ser del todo la mucama y todo lo demás de Julita, volvió a ser hasta cierto punto la sirvienta de nosotros: de mis padres y mía, de mi casa. Julita se quedó viviendo, hasta enloquecer, en la parte de mi casa donde había vivido con Federico, unida y separada de nosotros por el jardín. Esta muchacha, Rita, cruzaba varias veces por día el jardín y subía la escalera de Julita para limpiar y arreglar. Por lo menos al principio de la viudez de Julita; después subía sólo cuando la otra le abría la puerta. A veces Julita bajaba para insultarla con las frases, no sólo palabras, más sucias, crueles y excitantes que una mujer puede decir a otra, y echarla después. Hablo del tiempo que pasó desde la muerte de Federico hasta que la locura de Julita se transformó en locura.

"Ella, Rita, era entonces, en aquel principio remoto, tal vez dispensable, de hace unos cuatro o cinco años, una muchacha de unos dieciocho años, morena, con un poco de sangre india, riéndose todo el día y sin hacerme caso. Yo tenía dieciséis, era virgen; por entonces acababan de instalar el prostíbulo en la costa y el aire de Santa María estaba espeso por el escándalo. Todo esto, ya sé, no importa, nada tiene que ver con el chivo. Lo cuento porque de esto deriva otra importancia: la que tuve que darle, un poco a espaldas de Tito, el relato de Godoy, el comisionista, sobre su encuentro en Constitución con Rita.

"En aquel tiempo, el del prostíbulo y la viudez de mi cuñada, Rita era amante de Marcos, el hermano de Julita. No amante; dije por abreviar. Marcos venía de noche, siempre borracho, con el Alfa Romeo, ella le abría la puerta y se acostaban. Nada más que eso, pocas veces por mes, durante no más de una hora cada vez, salvo cuando Marcos estaba demasiado borracho y se le quedaba dormido. Yo oía el ruido del coche, la puerta de hierro, los pasos en el jardín. En aquel tiempo estaba casi todas las noches en mi dormitorio, en el piso alto, escribiendo poemas, pensando en el prostíbulo, en Julita y la muerte de mi hermano. Esperaba un rato, bajaba al jardín y los espiaba por la ventana, trepándome por la reja hasta alcanzar un ángulo que no cubría la cortina. Rita y Marcos. Yo tenía la convicción infantil de que si se acostaba con otro no podía negarse a dormir conmigo. Pero ella dijo que no, se reía sin ofenderme, intuyendo acaso que la ofensa podía madurarme, provocar la audacia necesaria.

"Después ella se fue de casa, en seguida de la tarde en que usted y otros hombres vinieron a mirar lo que quedaba de Julita, en seguida después del fin del prostíbulo, la pedrea y el incendio. Hizo lo que contó Godoy. Anduvo un tiempo con vestidos de muchacha rica, o muy parecidos, en el coche de Marcos, escandalizando un poco, agregando este escándalo al reciente del prostíbulo. Era menor de edad y tal vez mi padre hubiera podido evitarlo. No sé. En todo caso, no quiso hacerlo. Viajó un tiempo, cada tarde, desde la casa en la costa de Marcos, el famoso falansterio, hasta la altura de la plaza. Y volvió a viajar, en el sonoro cochecito rojo, cada noche, también ella borracha o emborrachada. Hasta que Marcos se aburrió y la cosa tuvo alguno de los sabidos finales: la dejó desnuda en un camino, la tiró al río, le dio una paliza imperdonable, o simplemente desapareció hasta que el hambre obligó a la muchacha a salir de la casa de la costa y buscar un hombre que significara un almuerzo. Anduvo con uno u otro por la ciudad, la plaza y los alrededores. Después bajó hacia la otra orilla, los cafetines de la zona fabril. Y no se supo más; sin que nos enteráramos, llegó un día en que dejamos de saber.

"Hasta aquella tarde soleada de vacaciones en que Tito y yo, forasteros en mallas de baño, tomábamos refrescos en una mesita del club, un sábado de baile, junto a la pileta donde se zambullían muchachas y muchachos para disputar medallas. Uno de los muchachos repitió el relato de Godoy; soportamos la rabia y la humillación y, aunque, estoy seguro, no dejamos de pensar en la puerta de entrada de Constitución, no volvimos a hablar del asunto, creo, hasta que se acercó marzo y fue necesario volver a Buenos Aires; a la Facultad, a la pensión en un tercer piso sobre la plaza.

"No le ordeno fijarse en esto o en lo otro; se lo sugiero, simplemente. Cuando le pido que se fije en algo no lo ayudo en nada a comprender la historia; pero acaso esas sugerencias le sean útiles para aproximarse a mi comprensión de la historia, a mi historia.

—Claro, de acuerdo —le dije—. Volvieron a Buenos Aires, Tito y usted. Vivían en el tercer piso de una pensión frente a Constitución. ¿Tenían ventana hacia la calle? Si ella se instalaba al pie de la escalera que da a la plaza, ¿podían verla desde la ventana? ¿Y estaba ella cerca de un puesto de diarios y revistas?

Sonrió y estuvo mirándome, un poco alegre, un poco desconfiado. Sacó la pipa del bolsillo trasero del pantalón.

—Sí, exactamente, al lado de un quiosco de diarios. Ella y el chivo; a la izquierda tenían la escalera y a la derecha los diarios y las revistas. El dueño del quiosco dejó de extrañarse y la trataba con respeto, ese amor por las generalidades, esa necesidad de dignificarse como clase, por encima de las inevitables envidias y fricciones de la libre competencia, que se nota en las conversaciones de puerta a puerta de los tenderos.

Mientras cargaba la pipa me sugirió dos puntos

para fijar mi atención. (Ya había aclarado que la pieza en que vivían daba a la plaza pero que era imposible ver desde allí el lugar en que se instalaba la mujer):

Primero, que era absurdo que Rita negociara con un chivo en Constitución; que la presencia del animal sólo podía añadir verosimilitud en Retiro. Y que, extrañamente, él había pensado en eso sólo unos días antes, cuando la enfermedad y la muerte de la mujer le hicieron recordar toda la historia. Eso era mentira.

Segundo, que aunque su anterior relación con Rita le había hecho saber, desde el primer momento, desde que se enteró del cuento de Godoy, que la historia era suya, no de Tito ni de ningún otro, prefirió que la investigación, el acercamiento lo intentara Tito. Es posible que creyera ya entonces que la historia era más suya que de la misma mujer; es indudable que lo pensaba ahora.

—Tal vez por causa de esa misma seguridad —dijo—. El día que llegamos a Buenos Aires sólo volvimos de madrugada a la pensión. Era una noche de calor, tormentosa. No habíamos hablado de Rita. Salimos del subterráneo dentro de la estación, innecesariamente, alargándonos el camino, y rehicimos el trayecto de Godoy; el de la sorpresa, no el de la desconfianza. No estaba. Nos detuvimos a mirar la plaza desde lo alto de la escalera, a charlar de probabilidades de lluvia, de los cambios que imaginábamos haber descubierto en los amigos, de las ventajas de vivir en Santa María y en Buenos Aires. No vino.

"El día siguiente era feriado o no había necesidad aún de ir a la Facultad. Me lo pasé tirado en la cama, con un libro o cara al techo, y no quise salir con Tito. Pensaba en ella, claro, pero muy en el fondo; pensaba en Buenos Aires, afuera y rodeándome, intentaba enumerar mis motivos de asco por la ciudad y las idiosincrasias de la gente que la ocupa. Esto, claro, sin olvidar una enumeración semejante para Santa María. Tito volvió al anochecer y anduvo dando vueltas, proponiendo temas que no le interesaban, haciendo preguntas que yo no respondía. Pensábamos en lo mismo, yo lo sabía y comencé a enfurecerme. Sería desleal, se me ocurre, contarle ahora qué pienso de Tito; pero como usted lo conoce, sería, además, inútil. Ser gordito puede ser un defecto, una irresponsabilidad juvenil; pero él va a ser obeso y con aceptación.''

(Debe haber sido porque sentía treparle la piedad o no lograba esconderme que esencialmente sólo por piedad —y su forma impura, el remordimiento— había venido a contarme la historia. A pesar de todo, aparte de todo, aparte del placer de una noche entera en primer plano, de la embriaguez de ser el dios de lo que evocaba. Debe haber sido por eso que recurrió a diversas debilidades: la ironía, la vanidad, la dureza.)

—Véame. Tirado en la cama, con esta misma pipa apoyada en el mentón, compartiendo silencioso un secreto, un deseo, con mi imbécil amigo del alma. Es posible que cuando mi padre reviente... O sin esperar a eso. Usted sabe, como todo el mundo en Santa María, que hay un testamento de mi cuñada; que no estaba legalmente loca cuando lo hizo y que pronto voy a cumplir veintidós años. No me oculto nada. Es posible que acabe como usted, o que me case con la hermana de Tito, que me asocie a la ferretería y me llene de orgullo viendo mi nombre en los membretes de las facturas. Puedo hacer cualquier cosa. Pero aquello... Usted no sabe qué había para mí en la imagen de Rita guiando con la cuerda al chivo en la estación, asaltando con la gastada mentira a los que pasaban. Y los dos pensando en lo mismo, yo en silencio y horizontal, Tito dando vueltas y ensayando temas. Él pensaba con entusiasmo en una probabilidad de aventura, en que sería fácil

—puesto que ella había llegado a eso, a pedir limosna con delicuescencia— una noche de amor, amistosa, con turnos decididos por una moneda revoleada. Tal vez incluyera al chivo. Y me enfurecía estar sabiendo que una parte mía se inflamaba con la misma invasora inmundicia. Y me enfurecía saber que, sin embargo, para mí, la mentirosa pordiosera con el animal era, además, Rita, alguien inimaginable para Tito. Pero es seguro que pensábamos en lo mismo, que estábamos deseando, matices a un lado, el mismo encuentro, el mismo provecho.

(Estaba en mangas de la popular camisa escocesa, mordisqueando la pipa, exhibiendo en un esperanzado simulacro de sonrisa los dientes blancos y agudos. Exigiendo mi condenación. Tal vez le hubiera hecho bien pero no quise dársela.)

—Puedo indignarme —le dije. Traté de llenar las copas pero él se adelantó y entonces pude ver, superpuestos y confundiéndose, dos respetos: el que él me tuvo siempre, a pesar de todo, de tantos pequeños todos, porque sabe que pertenecemos a la misma raza, y que yo, principalmente por indolencia, me he mantenido fiel a ella. Podría ser su padre y no sólo por la edad. El otro respeto era deliberado y falso; lo usaba para defenderse, para conservar las distancias y la superioridad. Pero yo no pensé: "es un niño". Le tuve amor y lástima y le di las gracias por el vino—. Puedo hacer el imbécil si eso ayuda a que continúe el relato.

Ya se me había ocurrido mi venenosa, increíble contrahistoria cuando pensé: "Rita, no me acuerdo de su cara, y un chivo. Esto es lo que estuvo repitiendo, mostrando, toda la noche y desde el sábado en que fui a esperarlos al cementerio. No hemos avanzado un paso, un día. La mujer y el chivo. Como si hubiera hecho turismo con ellos y me exhibiera de regreso dos, tres docenas de instantáneas en las que aparecen, en poses variadas, una mujer y un chivo".

—Gracias —dijo, y volvió a sonreír; fue hasta la ventana y se inclinó sobre el silencio que empezaba a extenderse en la plaza; regresó echando humo, sonrió otra vez—. No necesito que me ayude de ninguna manera activa. Basta con que escuche. Pero sólo si quiere. No sé si tengo verdaderas ganas de continuar. Además, ¿le importa lo que me importa a mí? Puedo estar equivocado cuando creo que mi historia es infinitamente más importante que la historia. La historia puedo contársela en dos o tres minutos y entonces usted, sobre ella, construye su historia y tal vez...

—No —lo atajé; hice un calco de su sonrisa cortés y reticente—. Eso mismo es lo que pienso hacer empleando su historia, la suya —dijo que estaba bien, como amenazándome—. Tito y usted, en el día segundo del regreso, pensando en la mujer y el chivo y en los probables, deseados beneficios del encuentro.

—Eso, y mi furia silenciosa. Pero, además, repito, estaba mi seguridad. Primero, como le dije, porque yo había conocido a Rita y ella me había conocido a mí. Rita era mía, eso era lo que estaba sintiendo en la cama mientras el querido imbécil bordoneaba exponiéndome proyectos. Tal vez le cuente qué proyectos. Mía, porque unos años atrás, cuando no sabía que el lenguaje universal para entenderse con las mujeres es el de los sordomudos, yo la deseé y ella supo que yo la deseaba. También mía, y mucho más por esto —y no se escandalice, no saque conclusiones baratas—, porque yo la había espiado por la ventana hacer el amor con Marcos. La había visto, ¿entiende? Era mía. Y, segundo, era mía su historia por lo que tenía de extraño, de dudable, de inventado. El chivo. La complicación, el artificioso perfeccionamiento que agregaba la presencia del chivo. De modo que la historia no podía ser para Tito. No importaba que hubiera sido él el primero de los dos en tropezar con la mujer y hablarle. En aquellos años de pensión fueron muchos los libros, le pongo un ejemplo, de que tuvimos simultáneamente noticia y nos apasionábamos por conseguir. Muchas veces era para mí un juego; jugábamos a quién lograba conseguirlo y leerlo primero. Siempre me dejaba vencer; esas victorias lo hacían feliz y, sobre todo, me permitían leer el libro cuando su curiosidad, apaciguada, no me lo alteraba, no me lo ensuciaba. Con Rita que mendiga viajes a Villa Ortúzar en la estación de enfrente me pasó lo mismo. Tuvo que hablar, por fin, de lo que nos preocupaba. Me propuso bajar a buscarla y le dije que no tenía interés, que no pensaba moverme de la cama. De modo que fue él, un poco desafiante, un poco intimidado. Fue a buscarla para mí, a establecer el contacto que yo necesitaba; a evitarme esperas, desencuentros, la tirantez del primer saludo. Entonces me puse en la ventana; desde allí no podía ver a Rita; si es que estaba, junto al puesto de periódicos. Pero dominaba la calle y la plaza frente a la pensión. Así que menos de media hora después vi a Tito surgir de la oscuridad de los árboles o de la claridad de los faroles redondos de la plaza, de regreso. Salí al comedor, bajé una escalera y lo vi pasar hacia arriba en el ascensor. Entonces bajé a la calle y fui hasta la entrada de la estación para comprar un diario. Continuaba el calor, la tormenta no había reventado y creo que resbaló sin lluvia por el cielo al otro día. Compré un diario y la vi; me asombró la lana larga del chivo, resplandeciente de limpieza. No sé cuántos años tendría —el chivo—, aunque es fácil sacar las cuentas. Tan blanco, inmóvil y perfecto como un chivo de juguete. Tan increíblemente fiel a la idea que puede tener de un chivo un niño o un artista fracasado que se ganara la vida trabajando para una fábrica de animales de juguete. Era una mentira, y continuó siendo esa estimulante mentira durante toda la historia.

"Yo cavé, ayer, una fosa para un cabrón de mentira. Sentí durante la historia su perfecto, exacto olor a chivo; vi alguna vez las bolitas negras, secas, bruñidas, de sus excrementos. Pero no me engañé; supe desde el primer momento, desde la primera tímida mirada con que nos conocimos, mientras compraba *Crítica* en el quiosco y disimulaba mi espionaje y mi profética emoción leyendo un titular cualquiera sobre cualquier victoria y cualquier derrota, que el chivo, aquella dócil apariencia de chivo, era el símbolo de algo que moriré sin comprender; y no espero que me lo expliquen. Quiero decir que no le estoy contando la historia para oír sus explicaciones. Un chivo de juguete, dije para orientarlo. Pero tampoco eso, porque la idea de juego estaba excluida. Un chivo no nacido de un cabrón sino de una inteligencia humana, de una voluntad artística. Extático en la penumbra próxima al quiosco donde ella se escondía —casi digo, perdón, se agazapaba— para elegir el candidato y atacarlo fortalecida por la sorpresa. Una idea-chivo inmóvil, revestida por largos pelos sedosos, revestidos a su vez por esa blancura increíble de los peinados de las viejitas que siguen fieles, junto al final, a lo único que importa y justifica su condición de mujer, y agregan añil al agua del último enjuague del lavado de cabeza semanal. Las patas de puro hueso, casi filosas, las pezuñas retintas, charoladas. Como usted ve, describí con astucia. Porque todo eso es para decirlo una vez y olvidarlo; o basta con decirlo así para que perdure. Porque por encima de todo eso estaban, cálidos, relampagueando cortamente con una imprevisible frecuencia, no lujuriosos ni burlones ni sabios, los ojos amarillos. Algunas veces los comparé con el topacio, con el oro, con un cielo de tormenta en la siesta cuando la ciudad huele a letrina. Tal vez sea forzoso volver a hacerlo esta noche. Ninguna de aquellas tres cosas, pero haciéndome pensar en la lujuria, la burla y la sabiduría. Agregue, yo tuve que hacerlo, la insinuación de retorcimiento de los diminutos cuernos, la barbita juvenil. Entonces, como queda dicho, un chivo de mentira, reservado estratégicamente en la sombra, traído fácilmente, con un tirón de cuerda, como una impresionante máquina bélica, al punto de ataque. Rígido, falso.

"Ella estaba muy envejecida pero no vieja; era una de esas mujeres que no pasarán de la madurez, que se detendrán para siempre en la asexualidad de los cuarenta años, como si éste fuera el mayor castigo que la vida se atreva a darles. Pero aquella noche Rita no tenía más de veinticinco años. Estuve mirándola maniobrar con el chivo; su sonrisa era la misma, pero el brillo de los dientes se empañaba de paciencia. Mi incompleta estadística dio tres fracasos por un triunfo. Pasé a su lado sin mirarla y me fui a comer a un restaurante donde era imposible que Tito viniera a buscarme.

Volvió a sonreírme y yo no comprendía. Se puso a limpiar la pipa para darme a entender que había concluido un capítulo. "Es un mal narrador —pensé con poca pena—. Muy lento, deteniéndose a querer lo que ama, seguro de que la verdad que importa no está en lo que llaman hechos, demasiado seguro de que yo, el público, no soy grosero ni frívolo y no me aburro."

—Está bien —le dije—. He visto al chivo y seguiré viéndolo. Reconozco que es una bestia distinta a la que llegó rengueando hasta el cementerio, siguiendo al fúnebre, obedeciendo a su mano con la misma docilidad con que obedecía a Rita frente a la estación. Tenemos al chivo y deduzco que es lo más importante. Estoy dispuesto a absorber todos los topacios, oros y cielos tormentosos que sean necesarios. ¿Pero por qué, aquella primera noche, usted simuló leer las noticias de Corea o de fútbol en lugar de hablarle? Porque sigo pensando en lo otro; en lo que usted pensaba una media hora antes en la pensión, a medias con Tito. Pero podemos tomar otro vaso y esperar; ya sé que cada limpieza de pipa señala el final de un capítulo.

—No fue por timidez —dijo—. Acaso yo haya querido primero, antes que nada, quedar en paz con ella. Estuve gastando mi odio en aquella ingenua venganza invisible: espiarla, a su lado, anónimo, verla grotesca y malvestida mendigar con trampa un dinero que yo le hubiera dado años atrás en Santa María multiplicado por cien aunque necesitara robarlo. Pero Tito sí, claro, conversó con ella. Esa noche tuve que oír su versión de la entrevista; hablaba excitado, con muchos adjetivos. No sabía nada de la verdad. Parece que ella, al principio, trató de incluirlo en la farsa y estuvo insistiendo en el cuento de los impuntuales parientes de Villa Ortúzar. Se citaron para la noche siguiente, a las nueve. Le dije con voz preocupada que difícilmente los recibirían a los tres en un hotel y apagué la luz para dormir.

Reí un poco y entonces me llegó el turno de caminar hasta la ventana. Vi la noche muerta, alumbrada apenas por cuatro faroles desleídos, el resplandor velado de la marquesina del Plaza. El reloj de la intendencia dio una campanada; pero no podía saberse qué hora era porque el carrillón no funcionaba desde hacía unos meses. Me volví diciendo, sin burla, sin otro deseo que ayudar, como si la historia fuera un trabajo que íbamos haciendo entre los dos:

—Ahora estamos mucho mejor. En todo caso, es usted quien acaba de ver, personalmente, a la mujer manejando al chivo. No Godoy ni Tito. Ahora, el resto tiene que ser mucho más fácil. Se trata de unir esa escena con la del entierro, rellenar los ocho o nueve meses que las separan.

Pero Jorge no me estaba escuchando. Se había levantado y sonreía con fatiga, desencantado. No pude recordar en qué cara había visto yo una vez aquella mirada azul un poco atónita, aquel rabioso brillo de juventud, un mechón cobrizo colgando hacia la sien. Sopló en la pipa y la guardó en la cadera.

—Un trago y me voy —dijo, mirando la noche por encima de mi hombro—. Mañana vamos a pasar el día en Villa Petrus, desde muy temprano. Nunca puede saberse. Estaba pensando que acaso yo no me vacié totalmente de mi rencor aquella noche cuando la espiaba simulando leer un diario. Y, sin embargo, no mentí al hablarle de la piedad. Esta vez se equivocó: no era el final de un capítulo sino el final del prólogo.

No volví a hablar con Jorge aquel verano; no quería acercarse; me saludaba de lejos alzando la pipa, exagerando la alegría de verme.

III

Jorge quería conocer al hombre; estaba seguro que comprendería todo mejor si lograba verle la cara. No sólo la particular historia de Rita, la entrada y permanencia del chivo en su vida, sino, también, aquellas cosas que habían elegido a Rita para mostrarse: el absurdo, la miseria, la empecinada vorágine. Aunque este hombre, el que esperaba ahora en la pieza o en una cantina próxima al puente del ferrocarril, en un bodegón lo bastante roñoso como para asimilar rápidamente la presencia del chivo, no podía ser ya más que uno cualquiera, de turno. No Ambrosio, el creador, el que había meditado durante tardes y noches, fumando cara al techo en un camastro, sin moverse para encender la luz, temeroso de toda distracción que lo apartara del hallazgo próximo y elusivo. No Ambrosio, ya que había desaparecido, aventado por su propia obra, por el detalle de perfección que se aventuró a imponer. Nada más que este detalle. Porque hubo, en la mitad del segundo año en Buenos Aires, un precursor. Apareció después de un número no excesivo de hombres, después de tareas esporádicas: sirvienta, obrera, vendedora en una tienda.

Sugirió primero, el precursor, el truco del regreso al pueblo natal, de los pocos pesos que faltan para completar un boleto de segunda clase, de ida solamente, porque la derrota frente a la gran ciudad había sido definitiva y porque la idea de librarse de Rita para siempre tentaba a los candidatos. El alivio de sentir que bastaba desprenderse de unos pesos para que la vida se comprometiera a no hacerlos coincidir jamás con la oscura, agria, insistente forma de la mujer. Muchos, al princi-

103

pio, pagaron su cuota fácilmente, rabiosos, coaccionados por la superstición. Pero todos los negocios tienen sus rachas, sus inexplicables vaivenes. El público empezó a mostrar, de pronto, una desconcertante tendencia a decir que sí casi sin dificultad y a ofrecerse para acompañarla hasta la boletería y completar allí el precio del pasaje. Más de una vez se encontró con que no sólo el dinero del filántropo sino el suyo propio, el que guardaba, semiexhibido, en un sucio pañuelo de colores, era invertido totalmente en un cartoncito blanco, estéril, con las siempre increíbles, fabulosas dos palabras: Santa María. Esto pasaba durante el segundo año, en Retiro.

De modo que el precursor maldijo varias veces, asqueado, sacudido de asombro, la falta de fe de los hombres, el mezquino instinto que los impulsaba a buscar garantías, aun en la caridad. Y alguna noche de ayuno, de forzada lucidez, decidió, simplemente, que el truco podía seguir siendo útil si se le daba vuelta como a un guante, si la cabeza pasaba a ocupar el sitio de la cola. De modo que ella no había sido vencida aún por la indiferencia, el desamor de la gran ciudad; recién llegaba, tal vez condenada a sufrir esa derrota, pero disfrutando todavía de una serie de admirables cosas conmovedoras, alineadas, prontas, intactas. No abundaban los Godoy con tiempo y curiosidad bastante para acompañarla hasta un taxi y entregar al chófer el importe del viaje. El truco invertido demostró ser eficaz en las tres estaciones de Retiro, trabajadas sucesivamente cada jornada, durante un invierno, una primavera y un verano.

Tal vez ya hubiera desaparecido el precursor cuando la competencia comenzó a hacerse sentir en los balances de medianoche realizados sobre una mesa del restaurante junto al parque de diversiones. En todo caso, siempre había un hombre al otro lado de la mesa, un gesto de desprecio, de desencanto o de clara amenaza que no lograban atenuar los bajos montoncitos de billetes planchados con los dedos ni las improvisadas justificaciones y esperanzas que ella iba ensayando. Alguna vez, también, molestó la policía. Hasta que el precursor, u otro hombre cualquiera, aconsejó paternal y suficiente el traslado a Constitución. Es posible que hablara de trenes cargados de jugadores afortunados que llegaban de Mar del Plata. El caso es que ella aceptó mudarse; por otra parte, ya estaba viviendo en el sur de la ciudad, cerca del olor a curtiembre del Riachuelo.

Entonces, en seguida o meses después, apareció Ambrosio. El perfeccionador entró en la vida de la mujer como un candidato, bastante bueno a distancia. Usando con cautela los pocos elementos disponibles, puede ser reconstruido como un mozo de corta estatura, robusto, lacónico, peludo. Puede ser imaginado más que lacónico; casi mudo, permanentemente arrinconado, con la expresión pensativa de quien persigue sin éxito algo en qué pensar. Y, otra vez, silencioso, como si todavía no hubiera aprendido a hablar, como si persistiera en la añosa tentativa de crear un idioma, el único en que le sería posible expresar las ideas que aún no se le habían ocurrido.

Bajó de cualquier tren, de cualquier pasado prescindible, de cualquier corta y casi ajena experiencia para entrar en el alto túnel iluminado donde ella esperaba, elegía y atacaba. Caminó velozmente, por costumbre, acercándose incauto al encuentro, al metro cuadrado de baldosas que le había reservado el destino para que pudiera crear su obra y ser. Y, letra por letra, como estaba escrito, se entreparó al acercarse al primer escalón: el cómplice anochecer de verano que hacía latir en el follaje, en el espacio abierto de la plaza, sus antiguas y vagas promesas, lo asaltó de frente y lo detuvo. Él sabía que estaba vacilando entre una mujer, una rueda de amigos, otra mujer a la que podría pedir dinero; ignoraba que estaba vacilando entre su verdadero nacimiento y la permanencia en la nada.

Con una mano de cortos dedos y anillos complicados buscó un cigarrillo, lo puso en la boquilla amarillenta y lo encendió. Entonces ella se apartó tímida de la pared, sonrió nerviosa, habló tartamuda. Tal vez algo la obligó a dejar colgante y hacia atrás el brazo derecho, como si sostuviera un ronzal invisible. A medida que recitaba se iba arrepintiendo; vio que el abundante pelo necesitaba ser emparejado; vio que el cuello de la camisa tenía tajos y mugre; que la brillosa corbata estaba raída, que el traje de invierno había sido usado en muchos veranos.

("Pero tenía el aire de haber perdido a la mamá entre un gentío; me miraba moviendo la boca como si estuviera por decir una palabra inventada por él, una palabra que yo no había oído nunca y que podría sonar como insulto o disculpa. Creo que no dijo esa palabra ni ninguna otra. Le ahorré ese trabajo; le ahorré casi todos los trabajos esa noche y durante muchos meses. Y todavía estaríamos juntos, creo, si no fuera por Jerónimo; porque a él le dio por inventar a Jerónimo, y cuando el pobrecito creció y yo entré a quererlo no pudo soportarnos. Nada más que por eso. Era más haragán que los otros, que cualquiera que yo haya conocido. Pero esto no quiere decir que ninguno de los otros haya trabajado nunca. Era increíble. Como si acabara de morirse. No del todo. Comía, aunque sin vino. Fumaba. Quería llevarme a la cama cada vez que me tenía cerca. Pero aparte de esto estaba muerto, boca arriba, las manos abajo de la cabeza, mordiendo la boquillita amarilla, pensando sin remedio.")

Tal vez ella sospechara que este ocio no sólo era más intenso, más voluntarioso que el de los anteriores hombres, sino también de calidad distinta. Debe haberlo sentido muchas tardes al irse, muchas madrugadas al volver; nunca, ni después, tuvo palabras o ideas que expresaran aquella sensación. Pero sabía que algo extraño y permanente ocupaba el cuerpo tumbado del hombre taciturno, siempre en la penumbra o indiferente al ciclo de luces y sombras; siempre mordiendo la boquilla, poseído. Pensó al principio que estaba enfermo; se acostumbró después a comparar a los demás hombres con la medida de éste y cuando se cumplió el tiempo estaba absolutamente desprevenida, incapaz de desear un cambio y de creer en él.

Casi no habló tampoco aquel día, el hombre. Pero cuando ella se despertó bajo el estruendo hueco y fanfarrón de un tren de carga, lo vio de pie, recién lavado, con una camisa limpia sostenida en los brazos por ligas metálicas, chupando sin mover los labios el humo de la boquillita enhiesta, junto a la ventana clausurada que daba al patio del conventillo y apenas lo mostraba. De perfil a los vidrios manchados de pintura, de tiempo, de gente, sin animarse todavía a mirar hacia afuera, despierto al fin pero inseguro, infeliz y dichoso por haber sido arrojado del éxtasis, tratando de habituarse. Casi no habló.

—Dame lo que puedas de lo que trajiste anoche. Tiene que alcanzar. Pero por las dudas.

Ella le dio el dinero, todo el de anoche, y algunos pesos más que guardaba en el armario. Estaba segura de que no volvería a ver al hombre. Se sentó en una silla y empezó a recordar vertiginosamente los meses que habían vivido juntos, a extraerles una póstuma ternura que tal vez durara hasta el encuentro con el próximo hombre o tal vez, desvaneciéndose, con sorpresivas resurrecciones, mucho más tiempo. Nunca se sabe. Supo, en cambio, qué hacía Ambrosio con el dinero que ella le daba en los regresos, con los billetes sucios y los puñados de monedas que depositaba en la cama y que él no exigía, que se limitaba a pedir con indiferencia y seguro. "Dame lo que puedas." Porque nunca salía sin ella y ni siquiera tomaba vino. De modo que aparte de las comidas y del precio invaluable de la mitad de cama que ocupaba, no podía imaginársele otro gasto que el de los veinte cigarrillos diarios.

Lo vio, ya vestido, alzar el colchón y escarbar en la estopa; lo vio traer los billetes, alisarlos y amontonarlos encima de la mesa. Se empeñaba en ignorar esta última escena: las manos .cuadradas llenas de anillos manejando el dinero con una novedosa destreza profesional; el damero del hule descascarado que ocupaban ingenuas flores marchitas; el calentador de bronce, una media larga y desinflada; la cabeza joven con el brillante pelo recién peinado que se inclinaba sin avidez sobre el dinero, no despierta del todo, prolongando, adormecida, el ensueño de nueve meses. No quería ver esto sino el corto pasado, simple y espantosamente pobre, que la obligaba a inventar cada cosa, a esconderla allí y descubrirla. Y cada cosa, una vez descubierta, tenía que ser bautizada y alimentarse de ella, de Rita. Era fácil y era nada, comprobaba con asombro: un hombre o una forma masculina, tiritando o sudando, inmóvil en la sombra; una cabeza yacente y empecinada, hecha inhumana por la meditación, por el desdén al mundo, por el sometimiento, aceptado con orgullo, a la fatalidad de crear.

Y ahora esto; el largo y fecundo sueño hibernal había terminado para siempre. Así estaba, soñoliento pero despierto, doblando los montoncitos de dinero, despiéndose sin palabras, viviendo esa hora de entusiasmo y desgarramiento. Ella no se levantó para besarlo; recibió sin comprender la sonrisa que le vino desde la puerta; lo supuso alejándose lento, cegado por la luz del mediodía. Después ocupó en la cama el lugar donde había estado el hombre todo el tiempo, durante todo el breve pasado que era posible reducir a una escena.

Salió al anochecer, impulsada sólo por la costumbre, cambió saludos con el diariero y repitió, sin convicción, con extraño buen éxito, la historia de la parienta desaprensiva de Villa Ortúzar. Se fue muy tarde y demoró en el restaurante; estiró, sin contarlo, el dinero ganado que ya no tenía objeto. Pudo ver desde el patio la luz que limitaba la puerta de la habitación, y avanzó y abrió negándose a pensar, a creer. El hombre, Ambrosio, no estaba en la cama ni desvestido; acuclillado, atento, reconociendo con benévolo espíritu crítico lo que había hecho, se dejaba lamer un pulgar por el chivito, blanco, que atacaba y retrocedía inhábil sobre las duras patas muy abiertas. Comparado con su recuerdo, que Rita había creído definitivo, el hombre fue locuaz y cordial; parecía más delgado, un poco ojeroso, con un aire de liberación y amansado orgullo.

—Hay que conseguir leche y una mamadera. Tenía miedo de atarlo, de que se lastime.

Ella estuvo mirando un rato, sin comprender y despreocupada.

—Así que ahora somos tres —dijo, y se rió.

No quería comprometerse ni imponer compromisos. Sintió que estaba contenta por el regreso del hombre y se dispuso a prepararse desde aquel momento para cuando Ambrosio se fuera de veras. Sintió curiosidad y deseo por este muchacho desconocido que acariciaba el hocico del animal y sonreía estúpido y tranquilizador. Pero todo esto sucedió después, mientras atravesaba el patio hacia las puertas del fondo. Entonces, volvió a reír, repitiendo.

—Así que somos tres. Pero si lo compraste para comerlo, decime antes de que me acostumbre.

—No —dijo él; retrocedió un poco para mirar al animal, desconcertado por la idea de que fuera posible comerlo—. Leche; lo compré casi por nada. Se llama Juan.

—Jerónimo —corrigió Rita—. Así que ahora tenemos un hijo chivo. Lo vamos a criar con mamadera y cuando crezca nos mudamos, al campo, a Villa Ortúzar. Y lo vas a querer más que a mí; ya lo estás queriendo —estaba arrepintiéndose de que Ambrosio, ya despedido y enterrado, hubiera vuelto; estaba mirando al animalito sin ternura ni sorpresa.

Sin volverse, el hombre dijo otra vez:
—Leche.

Ella salió para cruzar el patio y pedir leche y una mamadera a la vecina. Recitó sonriendo, infalible, la historia del chivo recién nacido que le había mandado su madre desde una Santa María definitivamente mítica. Cuando volvió a la pieza, el muchacho estaba tirado en la cama y el chivo chupaba una colcha. Pero la cara horizontal ya no era hermética y ensimismada; era la cara vulgar de un joven buen mozo, capaz de entusiasmos y bravatas, el rostro nunca visto de alguien a quien se puede limosnear dinero para un viaje hasta el otro extremo de la ciudad. Y mientras Rita se acomodaba el chivo entre las piernas para hacerle tragar la mamadera, él se puso a explicar desde la cama, como si hablara con un niño, lento y minucioso, despojado de vanidad porque no valía la pena gastarla con ella.

Así que Rita, después de una noche de frenética e inmotivada reconciliación en que sintió —con rabia, culpándose, e insistiendo para corregir— que Ambrosio podía ser sustituido por cualquiera de los hombres anteriores, se despertó en el final de una tarde y caminó hasta la estación arrastrando el chivo de una cuerda o llevándolo en brazos.

Soportó, indecisa, el ridículo, la suciedad, los balidos que irritaban y conmovían. Y cuando terminó el variable horario de trabajo, cuando, después de la comida solitaria en el bodegón donde el chivo enterneció a las mujerzuelas y a los borrachos, atravesó la oscuridad desierta bajo los rugidos de los trenes en el puente y llegó a su casa, más cansada que las noches anteriores y aún confusa, se encontró con un Ambrosio increíble. Un Ambrosio galvanizado por la impaciencia que no sólo la esperaba sino que la alcanzó en el patio, le besó la frente y cargó con el chivo. Después contaron el dinero; y a medida que ella sacaba los billetes del bolsillo del abrigo y los disponía sobre la mesa como para un juego solitario de naipes, iba viendo la felicidad y el orgullo, incontenibles, ocupar la cara del muchacho. "Así que era esto —pensó sin desencanto—. Lo que quería era más dinero, vivía tirado en la cama pensando cómo hacer para que yo trajera más dinero cada noche. Pero no lo gasta, no tiene vicios ni amigos en qué gastarlo. Va a esconder este dinero en el colchón; cuando tenga bastante, compra otro chivo y entonces yo traigo el doble de dinero y él lo guarda en el colchón, y cuando tiene bastante..."

Él iba tocando los billetes con la punta de un dedo; era un dedo rodeado por un anillo de oro con una piedra exagonal, negra y pulida, un dedo estremecido por el triunfo, por la comprobación de una realidad idéntica a los sueños que la engendraron.

—Casi el doble —murmuró el muchacho—. Si te quedás un rato más traes el doble. ¿No te decía? ¿Quién puede dejar de creer si ve el chivo? —la tomó de los hombros y la sacudió; casi por primera vez ella vio del todo descubiertos los fuertes dientes blancos.

Pero no era por el dinero. Lo supo porque aquella noche, antes de que se acostaran y repitieran un frenesí

111

que no dependía de ninguna reconciliación imaginaria, Ambrosio le entregó los pesos que le habían sobrado de la compra del animal.

Y es indudable que tampoco había tenido idea, durante todos los meses, del destino del dinero que reclamaba con humildad cada noche y escondía en el colchón. Estaba seguro de que iba a necesitarlo algún día; pero le era imposible adivinar para qué. Además, si el acto de devolución no fue suficiente para Rita, si sospechó que era falso o simplemente astuto, tuvo que convencerse definitivamente y muy pronto de que el chivo no había nacido del afán de dinero. Porque a partir de la tarde siguiente no volvió a ver a Ambrosio.

De modo que quedó como una viuda o una mujer abandonaba con un hijo pequeño, con una criatura que no podía dejarse en desamparo ni confiarse a cuidados mercenarios. Tuvo que llevarlo al trabajo, a la estación; sin que ella lo sospechara, desde el alejamiento de Ambrosio su historia fue absorbida por la biografía del chivo. Porque ella, en realidad, dejó de vivir desde que quedó sin el muchacho y con el animal; por lo menos su vida no fue otra cosa que la repetición de actos tan idénticos, tan sabidos de memoria, que se hacían imposibles de comprender: el despertar en el principio de la tarde y en seguida la tarde vacía, con un hombre o sin él; el horario cumplido en la estación, la cena en el restaurante miserable, el regreso con el chivo, con un hombre o sin él. Con el tiempo, la desconfianza que sintió al ver por primera vez al animal se transformó en un odio suave, inexplicable. Pero este odio no era más liberador que la desconfianza; se sentía atada a la bestia: la arrastraba brutalmente, le imponía ayunos caprichosos, pero era incapaz de abandonarla.

A partir de aquí la historia puede ser infinita o avanzar sin descanso, en vano, hacia el epílogo en el cementerio. Creo que faltan pocas palabras, que puedan distribuirse así, entre todas estas cosas:

Entre las sucesivas mudanzas impuestas por el crecimiento del chivo, las negativas, las peregrinaciones nocturnas con paquetes y valijas, estas veces sí llenas de ropas y pobrezas. Una pieza en Avellaneda, que aún veo, comunicada con un patio enano, un lamentable y desierto remedo de jardín, con treinta centímetros de tierra estéril, sobre escombros y basura, sobre roca imperforable, separado del mundo inexistente por un muro de cañas secas, sin hojas mineralizadas, habitáculo del chivo. Paraíso protegido por un techo diurno de humo sucio, visitado en la noche por bocinas de barcos, por silbatos policiales; rodeados por delincuentes farsantes e inseguros, por ociosos, jóvenes, exasperados candidatos a delincuentes que vivían y se trajeaban al servicio de la leyenda que nunca lograrían tener ni dejar. Cualquiera de estas cosas, pero precaria; porque apareció alguno mencionando una ordenanza, hablando de kilómetros y radios, pidiendo más dinero, demasiado.

También pueden distribuirse entre la última mudanza, la casita, la construcción de lata y madera en Villa Ortúzar, el destino que ella había estado provocando y creaba cada vez que mentía, el lugar junto al quemadero de basura, la zanja con agua blancuzca, el eterno caballo muerto de vientre hinchado, de patas hacia el cielo. Una habitación con piso de tierra húmeda, donde apenas cabían ella y el chivo, donde le hubiera sido imposible ubicar a la hermana o a la tía, a ninguna de las cambiables parientas que reiteraban su inasistencia a la estación.

Entre el ejercicio de lo que pocos hombres quisieron imponerle y ninguno logró. Pero que debe ser imaginado porque en algún invierno, tal vez, la gente se hizo desconfiada o avara, o porque el exceso de repeticiones quitó convicción al monólogo pordiosero, o porque el precio de los alquileres se duplicaba con la presencia del chivo, o porque el chivo necesitaba una alimentación especial y costosa, o porque yo tuve placer imaginándola prostituirse por la felicidad del chivo. Me parecía armonioso y razonable.

Entre el chivo y su crecimiento, su barba combada, sus ojos de un amarillo comparable al de muchas cosas, su pelambre sucia y su olor. Entre su pesadez, su tamaño gigantesco, la placidez de ídolo con que permanecía echado y su negativa a moverse, a sufrir frío o calor o interrupciones del ensueño en la poblada puerta de una estación. El chivo siguiéndola con protesta por calles retorcidas y nocturnas, más grande que ella, deliberadamente majestuoso y despectivo. El cabrón, ahora, con las patas dobladas bajo el cuerpo, rozando con los cuernos los techos tiznados y miserables, adormeciendo los ojos herrumbrosos, con un remoto agravio, con un desdén que no podría expresar aunque hablara, frente a los tributos ofrecidos a su condición divina: el pasto, las hortalizas, el hombre que ocupaba unas horas la cama para turbar la noche con una historia anhelante y conocida.

Enorme y quieto, blanco sucio, creciendo a cada minuto, desinteresado de la gente y sus problemas, hediendo porque sí. El cabrón, que es lo que cuenta.

IV

ENTRE pocas cosas más fueron repartidas las palabras y esas cosas las he olvidado. Pasó casi un año, empecé a consolarme con el principio de otro verano y me encontré una mañana en el hospital con Jorge Malabia. Era un Jorge Malabia parecido a su pariente Marcos Bergner, nada a su madre. Más grande pero no más gordo, hablando con la enfermera de la mesa de entradas, sonriendo mientras mordía la pipa apagada; esa sonrisa juvenil, feroz, mientras el miedo a la vida y la voracidad ocupan sin remedio los ojos.

—¡Hola! —estaba en camisa y calzado con botas—. Supe que se iban a animar a una trepanación. Tenía ganas de ver morir así a alguien, ver el segundo de la muerte en un cerebro. Pero se arrepintieron.

Encogí los hombros y dejé de mirarlo.

—Sí, es seguro, casi, que se hubiera muerto. De todos modos, yo no operaba.

—Es gracioso. Estaba citado con Tito y no vino. No sé por qué: conoce al futuro cadáver, es un empleado del padre o algo así. ¿De modo que lo van a fortalecer durante una semana para que dure unos minutos más en la mesa?

—Debe ser eso —contesté—. Setenta años, operado de lo mismo hace ocho meses, casi idiota desde entonces.

Saludé a Margarita, la chica de la mesa de entradas y salimos, él y yo, sin andar de veras juntos, como dos desconocidos que llevan el mismo camino. Admiré el caballo atado flojamente a un árbol, estuve mirando el sol hasta estornudar.

—Tiene sangre pero está muy gordo, sobón —dijo.

115

Había pasado un año y él tenía veinticinco. "Desde la última vez que nos vimos —pensé—, estuvo aprendiendo a juzgar, a no querer a nadie, y éste es un duro aprendizaje. Pero no había llegado aún a quererse a sí mismo, a aceptarse; era a la vez sujeto y objeto, se miraba vivir dispuesto a la sorpresa, incapaz de determinar qué actos eran suyos, cuáles prestados o cumplidos por capricho. Estaba en la edad del miedo, se protegía con dureza e intolerancia."

Montó, hizo girar al animal y estuvo sonriéndome.

—Esta ciudad me enferma. Todo. Viven como si fueran eternos y están orgullosos de que la mediocridad no termine. Hace apenas una semana que estoy, y bastó para que no lo reconociera, para olvidarme de que con usted es posible hablar.

Hablaba muy de arriba hacia abajo, desde la estatura del caballo, consciente de esto y aprovechándolo sin desprecio. De todos modos, no era feliz. Lo vi de espaldas, del trote al galope, inclinado para exigir velocidad, separado de la montura pero tan unido al caballo que las ancas brillosas bajo el sol podían ser suyas.

Como debí haberlo previsto desde la mañana, vino a visitarme aquella misma noche. Se había empeñado en poner en condiciones al caballo o sólo buscaba distinguirse de los amigos de su edad que, habiendo vivido su infancia, en los mejores casos, encima de un caballo, sólo montaban ahora, por deporte, en las cabalgatas matinales de los domingos, después de la heroica primera misa. Muchachos con *breeches* de palafrenero, estribando corto sobre monturas inglesas, negando al animal con la languidez del cuerpo; jovencitas vestidas como ellos, confundibles, chillonas, reclamando el paso, la rodilla apoyada en la del compañero. Antes, en el alba, la visión de cuerpo entero de una amazona, con un diminuto látigo, en el espejo del dormitorio; después, en el hotel de madera sobre el río, o en Villa Petrus, las fotografías, las poses junto o encima de los caballos, las actitudes gauchas y desaprensivas. Porque todos ellos, los amigos de su niñez, tenían o usaban automóviles, *jeeps* y motocicletas; ayudaban así a que la ciudad, Santa María, olvidara también sus orígenes, su propia infancia, su próximo pasado de carretas, carricoches, bueyes y distancias.

Vino a caballo, aquella misma noche de sábado, haciendo resonar los cascos del animal sobre la franja de primer silencio, contra el fondo negro de calor, de perfumes vegetales resecos, de sonidos de trabajo en el río. Lo oí silbar y me asomé a la ventana para decirle que subiera.

Ya había casi olvidado la historia de Rita y el chivo; cuando lo vi entrar y poner la botella sobre la mesa sólo pude pensar en otra mujer, en un recuerdo de veinte años, en una asquerosa sobreviviente. Pero él venía decidido, y le importaba el tiempo: no el que pudiera perder o gastar aquella noche sino el anterior, el que había separado de ésta nuestra entrevista del último verano. Estaba decidido y resuelto a modificar, a cualquier precio, aquella otra noche de diciembre. Bebió de pie, hablando con impaciencia de cualquier cosa, de las que yo le iba deslizando para que se apoyara. Después, midiéndome, se puso a cargar la pipa. Estaba eligiendo el camino más fácil o el más corto. No sabía aún que era posible sentarse y decir: "No quiero esto o aquello de la vida, lo quiero todo, pero de manera perfecta y definitiva. Estoy resuelto a negarme a lo que ustedes, los adultos, aceptan y hasta desean. Yo soy de otra raza. Yo no quiero volver a empezar, nunca, ni esto ni aquello. Una cosa y otra, por turno, porque el turno es forzoso. Pero una sola vez cada cosa y para siempre. Sin la cobardía de tener las espaldas cubiertas, sin la sórdida, escondida seguridad de que son posibles nuevos ensayos, de que los juicios pueden modificarse. Me llamo Jorge Malabia. No sucedió nada antes del día de mi nacimiento; y, si yo fuera mortal, nada podría suceder después de mí".

Pero no habló de nada de esto; lo hubiera escuchado y le habría dicho que sí.

—Usted debe recordar las últimas vacaciones —empezó con una sonrisa de excusa, pero no excusándose a sí mismo—. El encuentro en el cementerio y la noche en que estuvimos hablando. El cabrón de la pata de palo.

—El chivo y la mujer —asentí—. Bueno, me puse a adivinar cosas y las escribí. Ya lo tenía olvidado. Pero me gusta que pueda leerlo y opinar. Es muy corto.

Me puse a buscar en el escritorio mientras él callaba y trataba de hacerme sentir su silencio.

—Unas pocas páginas —dije, al acercárselas—. El insomnio, el aburrimiento y la incapacidad de participar en otra forma.

Entonces miró el reloj, no tuvo más remedio que expresar su hostilidad; él y yo sabíamos que iba a quedarse todo el tiempo que fuera necesario. Se sentó e introdujo en la luz la cara joven, un poco menos que el año pasado, endurecida por la voluntad, afeada apenas por un extraño miedo. Tomé un libro pero lo dejé en seguida.

Durante media hora lo miré leer lo que yo había escrito y fumar; sabía que mis ojos lo molestaban, que le era difícil mantener la clausura de su rostro. No era el mismo de un año antes, pero yo no podía saber cómo estaba distinto, qué suciedades se había incorporado en los doce meses y si éstas durarían. Cuando terminó de leer limpió la pipa y volvió a llenarla; sin mirarme, pensativo y calculando con rapidez, como si yo no estuviera allí pero me encontrara a punto de irrumpir. Después fue hasta la ventana, balanceando el cuerpo con cansancio de jinete, haciendo sonar las botas, flamantes o recién lustradas. Unas botas demasiado nuevas, en todo caso, para el disfraz campesino que usó aquellas vacaciones. Asomó la cabeza y le habló con cariño al caballo. Volvió lentamente hacia la luz de encima del escritorio, sonriendo, seguro de haber elegido bien o lo mejor posible.

—Es muy bueno eso —murmuró con seriedad y como si se lo dijera a sí mismo, contento, un poco asombrado.

"Ya hay algo —pensé—: aprendió a tomarse en serio, y no con la desesperación y el sentido de fatalidad de antes, sino tranquilamente, sin intuir el ridículo y la propia miseria. Casi como se toman en serio su padre y cualquiera de los hombres de la mesa de póker del Club Progreso."

—Me alegro —le dije—. Pero no importa que esté bien o mal. Ya le dije que sólo buscaba adivinar cosas.

—Las adivinó. Todo fue así. Sólo que... —tal vez no estuviera muy seguro del tipo de mentira que era conveniente usar para destruir aquel pasado. Volvió a sentarse y volvió a sonreír con disculpa—. Es sorprendente. Hubo un hombre que inventó el cuento para viajeros, otro que agregó el detalle del chivo, absurdo pero eficaz. Y es cierto que ella pasó del odio al amor, que el chivo fue al principio una humillación impuesta y que después lo defendió de cualquier manera, de todas las maneras necesarias, a lo largo de mudanzas, de hombres, de ayunos, de resoluciones suicidas. Como se defiende el objeto de amor, es decir, lo único que uno tiene. Porque si tenemos algo más, por poco que sea, hay que inventar otro nombre, menos ambicioso. Su objeto de amor. La corriente es una sola, y no podemos saber cuál y cuánto es el amor que va hacia él y cuál y cuánto el que extraemos de él. Y también es cierto que lo hizo por el chivo, para tener el dinero que le permitiera protegerlo. Yo hubiera podido, con poco sacrificio, darle ese dinero. Pero preferí convertirme en el hombre cuya cara, según usted, yo deseaba conocer. El hombre de turno, condenado al anonimato, que la esperaba en la pieza. Pero desapareció, no lo vi nunca, me tocó sustituirlo sin conocerlo. Así que yo pasé a ser el hombre de turno y algo más. Era yo el tipo que esperaba en alguna de las mugrientas habitaciones que ocupábamos sucesivamente, arrastrados o expulsados por el chivo. Pero necesité algo distinto, algo más, y lo tuve. Aquel fue un año, o casi, de apoyar y refregar el lomo en eso que llaman abyección; un año de no pisar la Facultad, de reírme a solas pensando en la visita imposible, sorpresiva, de mi padre: imaginándolo entrar en uno u otro de los cubos hediondos que fuimos habitando, verlo y sentirlo, por una vez, incapaz de un comentario ordenado gramaticalmente, con puntos y aparte, con los paréntesis que él indica alzando una mano y una ceja. Porque, además, durante todo aquel año en que lo estafé, fui el hijo corresponsal perfecto. No perdí un tren, como dicen en casa. Mugriento, sudando esa mezcla de odio y angustia que ennegrece la piel como ningún abandono, como ningún trabajo, frío y emporcado, les escribí mi carta cada semana. Y aquella vez, sí; aquella vez, aquel año, mis cartas parecían copiadas de un epistolario para hijos ausentes y amantes. Volví a leerlas.

Me mostró los dientes, interrumpido por la fatiga o la desconfianza, y sirvió de beber.

"Dos —pensé—. La segunda suciedad es que se le ha muerto la pasión de rebeldía y trata de sustituirla con cinismo, con lo que está al alcance de cualquier hombre concluido." Tal vez lo hizo sospechar el asentimiento de mi cabeza, mi silencio o mi mirada; fue otra vez a conversar con el caballo desde la ventana y regresó con aire de cansancio y sueño. Regresó también rejuvenecido, casi exactamente en un año; pero esto duró poco porque yo había aprendido a manejarlo.

—Entonces todo está bien —dije; recogí mis páginas adivinatorias y les sonreí con cariño y orgullo—. Después se encontró con usted, o usted provocó el encuentro, vivieron un tiempo juntos, ella se enfermó y vino a morir a Santa María. Sólo faltaría escribir el final; pero esto es más fácil, en un sentido, porque lo conozco: el velorio, el entierro.

—Sí, pero no —repuso en seguida, ardiente, un poco triunfal, como si yo lo hubiera ofendido sin querer. Nadie, y yo mucho menos, podría reprocharle que alargara el silencio para lograr un efecto—. No tan simple porque la mujer que enterramos aquel año ("ya no era el año pasado, sino cualquiera, remoto, inubicable"), la mujer muerta que descansa en paz en el cementerio de Santa María no se llamaba Rita.

Me moví en el sillón y lo miré asombrado y estúpido; tal vez lo haya convencido.

—¿De veras? Entonces no entiendo nada o me falta entender mucho. Pero eso era difícil de adivinar —sonreímos como por encima de un secreto. Vacilé un rato; él tenía que suponer mi facilidad para averiguar el nombre de la mujer que ayudé a enterrar.

—No era Rita —repitió con algo de solemnidad, todavía sonriéndome—. Era una pariente, una prima, no una de las fabulosas, impuntuales, como usted dice, parientas de Villa Ortúzar, sino una palpable y visible y audible, le doy mi palabra, que fue desde aquí, desde Santa María. Otra mujer y casi otra historia. Porque si tuvo antes de llegar a Buenos Aires su historia personal, la perdió a los cinco minutos de entrar en la pocilga donde estaba Rita y el chivo, y donde yo era el hombre de turno cara al techo en la cama. Quiero decir que esta mujer sin nombre desplazó a Rita, se convirtió en ella, se apropió de lo que hay de más importante en su relato adivinado: del amor y la esclavitud por el cabrón.

—¡Ah! —dije—; tal vez me sea posible volver a entender. Déjeme empezar de nuevo —pregunté y lo vi vacilar y mentir, mantenerse en la mentira primera, mostrarse incapaz de protegerla con otra—: ¿Cómo me dijo que se llama la prima, la sustituta, la difunta?

—Sólo le dije que no tenía nombre. No era nadie, era Rita. Rita se hartó del chivo, de mí, de la miseria. Creo que le va bien. Pero no podría haberlo hecho, estoy seguro, si no hubiera aparecido alguien, otra mujer para suplantarla en relación al animal. Bueno, déjeme volver un poco atrás para liquidar definitivamente la historia. Todo lo que le conté hace un año era verdad, menos, claro, lo que permití que creyera, el malentendido que quise mantener. Aquella noche le hablé de la piedad, y era cierto. Tan cierto, tan intensa esa piedad que logró dos cosas increíbles. Primero, que yo me encargara del entierro de la mujer y la velara como principal y único deudo; es decir, que la piedad que sentí por Rita en el casi año de abyección fue bastante para transformar en Rita a la segunda mujer. Y aunque no sólo la piedad sino todo sentimiento por Rita había muerto desde tiempo atrás, bastó enterarme de que ésta, la prima, se estaba muriendo para que yo corriera a dar satisfacción a la piedad resucitada. ¿Se entiende? No olvide la existencia del cabrón; no olvide que la segunda Rita, cuando comprendió que ya no podía protegerlo, que se iba a morir, se lo trajo a Santa María. Lo trajo al pueblo natal, el país de infancia, donde todo es más fácil y los finales son felices. Hizo lo que hubiera hecho Rita, estoy seguro, si no aparece alguien para redimirla, con su sacrificio, de la esclavitud.

"Era, pues, Rita. No la vi morir; pero durante todo el tiempo del velorio, aquella cara flaca, estupefacta y tiesa fue la cara de Rita y yo pude librarme de mi piedad exasperándola hasta agotarla. Y tal vez ya no tuviera piedad que gastar cuando recorrí a pie Santa María con el chivo rengo siguiendo el coche fúnebre; tal vez sólo estuviera enfermo de sueño, histérico, ansioso de expiación y ridículo para exhibir un odio que poco tenía que ver con el odio antiguo, el que había hecho nacer en mí la piedad por Rita. Porque durante el año en que viví con ella, o viéndola todas las noches antes de que viviéramos juntos, la piedad, como sucede siempre, llegó a mostrarse inútil, se pudrió, y salieron de ella odios como gusanos. Empecé a sentir o saber que todos, todos nosotros, usted, yo y los demás, éramos responsables de aquello, del casamiento de ella con el chivo, de la pareja que maniobraba con torpeza entre las columnas de gente que salían de la estación. Todos nosotros, culpables; y, ya sin razonar, sin que la evidencia me viniera del razonamiento o pudiera ser alterada por él: culpables, todos los habitantes del mundo, por haber nacido y ser contemporáneos de aquella monstruosidad, aquella tristeza. Entonces odié a todo el mundo, a todos nosotros.

"Y la segunda cosa increíble que logró la piedad, fue que yo la obligara a hacer, a Rita, lo que ninguno de los hombres de turno pudo. Porque los culpables éramos todos nosotros, sin excluirla a ella, y ella, el ser más próximo a mi odio.

"Esto había durado un mes, apenas hasta que vino la prima para sustituirla, por lo menos en la morbosa esclavitud al chivo, y ella, Rita, desapareció. Ahora que lo importante de aquel período, el de la conciencia y el placer de mi abyección, el formado por los días, noches, en que Rita salía a buscar hombres y regresaba con dinero bastante para mantenernos por una semana a los tres —el chivo, ella y yo—, no puede ser explicado. Y si por un milagro llegara a explicármelo —creí haber estado cerca, varias veces, durante la soledad del velorio—, sería también inútil porque nadie ha hecho el aprendizaje indispensable para entender. No supe y no sé aún, qué era lo importante; pero lo simbolizaba esto, le daba origen esto: quedarme tirado en la cama fumando esperándola, no solo como los otros, sino acompañado por el chivo: mirarle los ojos, amarillos e impasibles, olerlo y confundir su olor con el mío, lograr un acuerdo ilusorio con la eternidad impersonal que él representaba. Hablarle, con palabras simples, del sentido de nuestra soledad, de nuestra espera; verlo agigantarse y blanquear en la sombra, en la habitación de techo bajo, en la noche aparte, exclusiva, que desciende cada noche para los miserables.

Oímos a la vez los cascos impacientes o asustados del caballo en la vereda. Jorge se levantó pero no fue en seguida a mirar por la ventana. Teníamos, hoy también, esta noche amable, de esencia inasible, vagamente excitante, cargada de claves y situaciones que no coinciden, esta dulce y conocida noche tramposa que desciende para los tontos.

—Bueno —dijo sonriendo; el pelo rubio oscuro le tocaba la sien; chupaba velozmente, sin convicción, la pipa mal encendida. Se alzó los *breeches*, movió las piernas en las botas—. Había algo que corregir y creo que lo hice.

—Había mucho que agregar y lo hizo —contesté—. Pero no corrigió nada. La mujer es la misma, de todos modos. Usted veló a Rita y enterró a Rita. Y, sobre todo, también enterró al chivo.

—Como quiera. Tenía el remordimiento de haberle hecho creer en una historia perfecta, haberle permitido creer que la historia que empecé a contarle en aquellas vacaciones obtuvo su final perfecto. Eso nunca sucede;

si se pone a pensar, verá que todo falla por eso y sólo por eso. De modo que corregí. Y agregué la prostitución de Rita, en beneficio mío y del cabrón; un agregado que, en cierto modo, también modifica la historia.

—No creo que la modifique —dije—. Por lo menos para mí, para estas páginas. Diría, estoy improvisando, aunque a mí no me da la gana de enterarme, el caballo lo sabe.

El caballo volvió a patear y llenó de ecos la plaza desierta. "Tres —pensé—. La tercera suciedad consiste en el pecado adulto de creer a posteriori que los actos sin remedio necesitan nuestro permiso."

Miró por la ventana y habló con voz de tropero, aguda, a la bestia, la noche y el camino.

—Parece que ya no se puede —dijo de vuelta, ajustándose el cinturón—, Santa María es una ciudad. Y, que refuerza lo patético de la historia, la hace más fácil de ser comprendida por los demás, por todos nosotros. Y en cuanto a la prima sustituta...

V

El segundo encuentro fue también casual, por lo menos en parte. Había hecho una visita cerca del Mercado Viejo y anduve caminando, perezoso en el sol de la tarde, para aventar el asco y la tristeza, el recuerdo de la mujer de vientre plano, de sus estúpidos ojos embellecidos por la fiebre, ciegos para la pieza maloliente. Y el hombre pequeño, flaco, duro y negruzco, moviéndose con rigidez y miedo, hostilizándome, un poco aliviado porque podía descargar en mí su responsabilidad, un poco excitado porque podía concentrar en mí su viejo, encalabrinado odio por la vida. Como de costumbre, yo ignoraba qué podía hacerlo menos desgraciado, si el desahucio o la esperanza. Tampoco él sabía; me acompañó hasta la calle en silencio, con el pequeño hocico contraído por algo que podía ser llamado furia o sarcasmo, esperando escuchar una de las dos cosas, pronto para extraer toda la posible infelicidad del pronóstico que yo aventurara.

Quedamos al sol, frente a los ladrillos del Mercado Viejo. Los vagos sesteaban o se mataban pulgas o discutían arbitrios para la próxima comida bajo las chatas arcadas coloniales. Un montón de muchachitos salió corriendo, hizo un círculo y entró de nuevo en la sombra del mercado. Tal vez esta mayor miseria —la estática de los vagos, la dinámica de los chicos sucios y descalzos— sirvió de consuelo al hombre; tal vez lo animó la idea de que el gotear de la sangre en la pieza no significaba una desdicha personal sino que era, sólo, un minusculo elemento anónimo que contribuía, afanoso y útil, a la perfección de la desgracia de los hombres. En todo caso, aflojó la cara y estuvo meciendo en la luz una expresión lisa y resignada. Ya no mostraba el odio sino sus rastros, su obra. Me ofreció un cigarrillo y dimos dos pitadas en silencio. Volví a mirarlo y opté por la duda; le dije que no podía decirse nada, que esperara el efecto de las inyecciones, que me hablara por teléfono a las nueve.

Entonces sonrió a un secreto y estuvo moviendo la cabeza; repuso el cigarrillo en la boca y lo hizo bailar mientras decía:

—Quién te ha visto y quién te ve. Tanto ella como yo créame. Antes robo que dejar de pagarle. A las nueve en punto lo llamo.

—Me dice cómo anda y vemos.

Me dio la mano y se fue por el largo corredor a recuperar la importancia, los odios, la sensación siempre increíble de estar atrapado.

Crucé lentamente, olvidándolo, hasta el portón del Mercado. Hendí la fila derrumbada de miserables, tiré unas monedas al centro del lángido clamor, sobre cabezas y brazos. Adentro, la sombra fresca, los mostradores vacíos, el olor interminable, reforzado cada día, de verduras fermentadas, humedad y pescado. Los niños mendigos corrían persiguiéndose bajo la claridad que llovía de los tragaluces en el fondo distante. En una mesa, frente al bar, estaba un hombre joven, gordo, sonriendo inmóvil hacia el estrépito de los muchachitos. Pedí un refresco en el bar y examiné al parroquiano solitario antes de reconocerlo.

Era muy joven y acaso resultara apresurado llamarlo hombre; estaba bebiendo la especialidad de la casa, caña con jugo de uvas, y se había hecho llevar una botella a la mesa. Tenía la camisa desabrochada en el cuello y la corbata colgaba del respaldo de una silla; pero estaba vestido como para una fiesta, con un traje oscuro de chaleco, con zapatos negros y lustrados, con un pañuelo blanco colgando las puntas en el pecho. El sombrero negro, de alas levantadas, le tapaba una rodilla;

vi, mucho después, la doble ve de la cadena del reloj en el vientre. Tenía cerrada la mano izquierda y continuaba sonriendo y sudando hacia el fondo luminoso del Mercado, donde los niños viboreaban entre los puestos vacíos. Junto a la botella había un puñado de caramelos.

—Cada uno se divierte a su manera, dicen —dijo el encargado del bar. Lo miré sin conocerlo: era bigotudo y cincuentón, estaba en mangas de camisa—. Doctor. Pero desde el almuerzo que le pido a Dios que no me deje saber del todo cómo se divierte éste. Perotti, de la ferretería. Fíjese ahora y dígame.

Los niños mendigos corrieron velozmente hacia el norte y el líder dobló de pronto, desconcertando a la columna. Zigzaguearon entre los hierros y las maderas, resbalaron sobre las placas de tierra y porquería. El muchacho de la mesa había abierto y estirado la mano izquierda, llena de caramelos. Pasaron corriendo y gritando, cada uno trató de robar sin detenerse, la mano se cerró atrapando la de una chiquilina flaca, con cara de rata, con un pelo duro y grasiento hasta los hombros. Los demás siguieron.

—Bueno —dijo a mi espalda el encargado—; desde la una de la tarde, sin mentir. Fíjese ahora.

El muchacho gordo atrajo a la chiquilina, le besó una oreja mientras la palmeaba, en un remedo de castigo, murmurando amenazas. Después la soltó; la chica se puso un caramelo en la boca y corrió para alcanzar a la banda que describía ya el semicírculo bajo el sol de la calle y volvió a entrar luego aullando, persiguió al líder hasta el fondo de luz grisácea filtrada.

Entonces el muchacho gordo alzó la cabeza llena de un esponjado pelo negro y se puso a reír hacia el techo averiado, sin participación de su cuerpo, con la más pura, ejemplar risa histérica que yo haya oído nunca. Se interrumpió de golpe para vaciar el vasito, volvió a llenarlo y fue agregando más caramelos a la trampa de la mano izquierda. Miraba sonriendo, expectante, el remolino de los chiquillos harapientos en el fondo.

—Perotti, el hijo de la ferretería —repitió el desconocido, contra mi hombro—. Tiene que conocerlo. A lo mejor lo ayudó a nacer o lo atendió de sarampión o lo curó de purgaciones. Con perdón. Lo estoy mirando desde el almuerzo, y casi desde hace un mes o quince días, desde que cayó una tarde por casualidad este verano y descubrió el juego de los caramelos y las nenitas. El padre le dejó mucho dinero y él lo gasta así. Se divierte. Y hasta llegué a pensar que lo hace sin mala intención. Porque, como le decía, no acabo de entenderlo. Yo estoy a caña y vermut desde el almuerzo y no me aparto. Me hace un honor si me deja convidarlo.

Le dije que sí y bebimos lentos y en silencio. El estrépito de criaturas volvió a pasar junto a la mesa y se reprodujeron las palmadas, el beso, la cabezada hacia el techo y la risa insoportable, agotada de pronto.

—Bueno —dijo el hombre.

—Ya sé quién es, me acuerdo —le contesté; hablaba del muchacho, de Tito Perotti—. No lo ayudé a nacer ni me llamaron para el sarampión y ninguna de las veces que tuvo blenorragia consultó conmigo. Pero somos casi parientes por las úlceras del padre, difunto, el asma de la madre y la lombriz solitaria que le asesinamos a la hermanita.

—Ese mismo —dijo el hombre, entusiasmado—. Y dicen con razón que ella, la hermana, es la mujer más linda de Santa María.

—Hace mucho que no la veo —puse un billete en el mostrador y el hombre me explicó que no me cobraba el vaso de vermut y caña—. Pero a éste tengo que hablarle.

El hombre alzó una tabla sujeta por bisagras y desertó de la intimidad de su negocio para darme la mano. Miré sus ojos viejos y nublados, los bigotes que colgaban, la calva mitad anterior de su cabeza.

—Fragoso —dijo. No pude acordarme ni presentir. Él mostró unos dientes parejos y blancos y agregó en despedida, respetuoso—: Doctor.

Caminé despacio, dando tiempo a los chiquilines para que se acercaran a la mesa. Cuando cinco o seis robaron caramelos de la palma abierta y él sujetó la mano de la muchachita, le toqué la espalda y estuve esperando sus ojos con una sonrisa inocente. Me miró con algo más de susto que de rabia. De la mano se le escaparon la niña y los caramelos; acercó el montón a la banda que hizo una sola vuelta alrededor de nosotros. Estuvo contemplando inquieto, infantil, la carrera victoriosa hacia el portón y el sol. Alzó la cabeza para reír pero sólo rió en silencio, un segundo. Yo estaba ahí, mi mano continuaba en su hombro. Se puso de pie y me saludó. Fue entonces que vi la cadena de plata del reloj ondulando sobre el chaleco que la absurda barriguita estiraba.

—Me voy a sentar, si me deja —murmuré—. Estoy cansado.

Sabía quién era el muchacho desde el momento que lo nombró el bolichero, Fragoso. Pero sólo comprendí su importancia cuando el hombre dijo algo de la hermana. Fue entonces que pensé en la historia de Rita y el chivo, en el intento de destrucción en que se había esforzado Jorge Malabia unas noches antes.

Acepté un trago de la bebida dulzona en la copita que nos trajeron. Hablamos de aquí y de allá, del tiempo, de política, de las cosechas, de planes de estudio, de Santa María y Buenos Aires.

Descubrí la perla que tenía clavada su corbata y miré con disimulo su cara redonda y linda, de piel infantil, de sonrisa fácil, un poco vulgar y falsa, un poco cruel.

131

"Está engordando; puede suponerse que la resolución que brilla, hostil, fanática y remota en sus ojos verdes y fríos es la resolución de engordar." Tenía la voz algo gangosa y le gustaba hablar, riendo, balanceando alerta la cabeza, con saliva en los rincones de los labios, pellizcándose el pulgar de la mano izquierda. "Es vanidoso; tiene el egoísmo activo y social; capaz de memoria increíble para ofensas y postergaciones."

Pero había otra cosa; sólo pude descubrirla cuando se inclinó hacia su copa y contemplé el corte de soldado de su pelo; y sólo pude comprenderlo del todo unos meses después, en la última, hasta ahora, convalecencia, cuando amigos y clientes agradecidos o supersticiosos llegaban por las tardes para distraerme y desahogarse. Vi que imitaba a su padre, el ferretero, muerto un año atrás. Aquella imitación se cumplía de dos maneras, en dos campos: por medio de la ridícula perla en la corbata, la cadena del reloj, el peinado, diez detalles más que fui descubriendo, todo esto nacido de la voluntad consciente; y por medio de la voluntad oscura de su cuerpo que se había puesto a crecer en el cuello, el vientre y las nalgas, remedando con exactitud, con cierta modestia, la figura desagradable del padre muerto.

"El amor filial, sí, pero no basta. Perotti era el último de los modelos que podía elegir un muchacho. Hay otra cosa y tal vez Dios me dé tiempo, y la suerte, como siempre, me haga conocerla."

—Voy a terminar Derecho porque en casa siempre quisieron —me dijo—. Pero no quiero dejar Santa María, al revés de todos que sólo piensan en Buenos Aires. Y aquí, usted sabe, no se puede ser abogado en serio, no se pasa de procurador. Tal vez ejerza, no sé, porque se puede ganar dinero sin mucho trabajo. Sobre todo con las amistades de papá. Pero sin darle importancia. No quiero meterme en política. Mi vocación son los negocios, los negocios grandes. Vea lo que llegó a hacer Petrus sin necesidad de irse a la Capital. Terminó mal, es cierto, aunque quién sabe, todavía no se dijo la última palabra y nada tiene que ver que esté en la cárcel o en un sanatorio. Pudo hacer cosas porque tenía talento y visión. Lo que hizo Petrus es mucho para su tiempo; pero no pasó de un principio; de dar un ejemplo. Aquí está todo por hacer, créame.

Con sus veinte años, el mismo tono respetuoso y protector del ferretero, la misma manera tranquila y seca, los ojos desviados, una mano pellizcando la otra, la misma fe en los principios, en el éxito. Él también había descubierto el simple secreto aritmético de la vida, la fórmula del triunfo que sólo exige perseverar, despersonalizarse, ser apenas.

Le creí y volvimos a beber. Me desconcertaba la seguridad de que su padre no bebió nunca. Pero el encuentro no me había sido concedido para desperdiciarlo en ellos.

—Usted vivió con Jorge Malabia en un hotel de Constitución —dije, de golpe. Él estaba mirando, apagado y expectante, hacia la puerta del Mercado, siempre luminosa, ahora en silencio.

—Sí, unos dos años. Pero me parece que no éste... Yo lo quiero mucho. Pero es un tipo difícil.

—Debe serlo, estoy seguro. Casi neurasténico —asintió con alegría: "Eso"—. Pero hay algo que me interesa especialmente. Un detalle, una trampa acaso, una modificación. Hablo de la historia que usted conoce; Rita y el chivo.

Se inclinó sobre la mesa para esconderme los ojos y la sonrisa. En los tragaluces del fondo el día era gris; otro gris sin brillo invadía el enorme espacio desierto; el aire allí era húmedo y perezoso. Volvió a enderezarse parpadeando, en guardia.

—Conozco la historia. No pensaba que la conociera usted. Jorge la debe haber contado y vaya a saber cómo.

Le expliqué lo único que me era dado continuar creyendo. Que una mujer, Rita, pedía limosna con falsos pretextos en la puerta de una estación ferroviaria, acompañada por un chivo, que le fue agregado, luego de largas meditaciones estéticas, por un hombre llamado Ambrosio. Repitió la risita ensalivada de su padre y sacudió la cabeza para dar el visto bueno a cada recuerdo.

—Todo eso es cierto. Pero hay cosas que Jorge no sabe —parecía enfurruñado, sin ganas de hablar. Yo vacilaba eligiendo métodos.

—Lo que me interesa —dije, al rato— es muy poco y muy simple. No hay dudas de que una mujer, unida al chivo, volvió a Santa María, enferma, y murió en un rancho de la costa. Sólo quiero saber si esa muerta era Rita o no.

Se me acercó asombrado mientras pensaba velozmente, torpe y con desconfianza.

—¿Si era Rita? Claro que era Rita. Ya estaba tuberculosa cuando la descubrí yo en la estación. Y no se cuidaba, prefería que comiera el chivo. Y le fomentaban el suicidio. Estaba loca, era más feliz cuando podía darle un puñado de sal al chivo y que se lo lamiera en la mano.

—Conozco —dije, y alcé aparatosamente un dedo que no expresaba nada—. ¿Pero no hubo una prima? Piense. Una parienta de Rita que fue a Buenos Aires para relevarla de la esclavitud al chivo y que volvió a Santa María, con la bestia, tal vez perseguida por ella, para asegurarse el consuelo de la tierra natal en la muerte. Piense y dígame.

Encendió un cigarrillo, cuidadosamente, junto a mi cara, y el humo quebró, ondulante, su expresión de desdén y tortura. No me creía; aguardaba que la indignación lo liberara del desconcierto. Se enderezó y estuvo sacudiendo la cabeza, desaprobatorio y superado.

—¿Así que eso le contó Jorge? No me asombra, mirando bien. Porque él se portó como un hijo de perra. ¿Qué le dijo de mí?

—Casi nada. Usted aparece, no más, en el principio de la historia.

La sonrisa que hizo, lenta, era tan sórdida, tan llena de rencor, que, pensé, debía estar recibiendo contribuciones, además del padre, de un Perotti abuelo.

—Vamos por partes —empezó—. Yo la encontré a Rita y me fui a dormir con ella. A la pieza, claro, porque qué se podía hacer con el chivo. La encontré, fuimos y le pagué. Ella lo hacía con todo el mundo; el chivo y el cuento del viaje no eran más que un pretexto para salvarse si aparecía un vigilante. Era muy distinto que la llevaran presa por hacer el cuento que por levantar hombres.

Estaba ahora más rojo en la suave penumbra de la siesta en el Mercado, conteniendo la excitación, aprendiendo a manejar el odio para descargarlo con más eficacia.

—Sí —murmuré—. La versión de Jorge Malabia no niega explícitamente ese principio. Pero yo estoy interesado en la prima. ¿Está seguro de que fue Rita y no ella?

—¿La prima? Apareció al final, cuando Rita ya estaba desahuciada. Se llamaba Higinia, una gordita oscura pero muy linda. Estuvo unos días haciendo la comedia de la enfermera, cuidando a Rita y el chivo, y, tal vez, también a Jorge. Jorge tenía entonces una enfermedad misteriosa. No sé si le dijo que perdió un año de Facultad y que los padres creen que está en tercero cuando todavía no aprobó todo el segundo. La prima debe andar por las salas de baile de Palermo o alguno la mantiene, porque era de veras linda si la bañaban. La prima estuvo unos días haciendo la santa; pero se orientó en seguida, con un instinto de animal, y desapareció. Una vez estuvo de visita, con uno de esos autos que se alquilan por día y con chofer. Trajo paquetes, comida y regalos; y vaya a saber si no vino sólo para exhibirse delante de la Rita.

"Por vanidad, por revancha, y no sólo frente a Rita, ya que Rita simbolizaba para ella Santa María, la infancia, la miseria; o por cariño, para mostrar y tal vez demostrar que era posible, fácil, no prolongar en Buenos Aires la miseria de aquí.

"Aunque la Rita ya no estaba para esas exhibiciones ni para nada. Yo había ido esa tarde, era un sábado, aunque caía rara vez por la pieza. Iba, más que nada, a insultarlo a Jorge, o a sentarme en los pies de la cama y mirarlo sin más. Él sabía todo lo que yo estaba pensando y diciéndole. La Rita recibió a la otra sin comprender del todo. Ya estaba muy enferma y deliraba despierta. Le debe haber parecido que le estaban contando un cuento de hadas, si es que alguna vez se lo contaron. El vestido de la otra, la Higinia, y también guantes y sombrero, y los paquetes que traía, de comida para gente harta y no para hambrientos. Sin hablar del automóvil y el chofer con uniforme. Subió y dieron una vuelta. Así es, y al que desmienta le rompo la cara: la Higinia hace la puta fina, espero, y debe tener cuerda para rato. No estuvo más que unos días, dos semanas, en la pieza, cuidando a los tres, ella, él y el chivo hediondo. Cuando se olvidaban de la sal, el chivo atropellaba para lamerles la piel. Veinte veces les dije, primero en broma, después en serio y otra vez en broma, que le cortaran el cogote y se lo comieran. La primera vez que lo dije en serio ella se me vino encima con un cuchillo. Y él, Jorge, todo el tiempo tirado en la cama con las manos en la nuca, mirando el techo, mientras la mujer se moría de tos y de hambre. Así es: sólo, exclusivamente, reventó la Rita. Se vino con el chivo a Santa María el verano de la muerte de mi padre y cuando Jorge volvió para las vacaciones pudo verla vivir un par de días y después pudo pagarle el entierro. Como un señor. Lástima que ella esté muerta y que la culpa sea de él. Se lo he dicho, no tengo inconveniente en repetirlo. Porque él, mi amigo, sin necesidad ninguna, por puro juego, se dedicó a vivir de ella, de lo que ganaban, con limosnas, mentiras o pindongueando, Rita y el chivo. Porque ya no tenía que pagar pensión, vivía en la inmunda pieza de ella, o de ellos. Con el dinero que le mandaba el padre podía haber alimentado a Rita (y al chivo, claro) de manera decente; podría, tal vez, haberla curado. Pero él se estaba casi día y noche tirado en la cama, mirando las mugres sucesivas de los techos (se mudaban, aproximadamente, cada mes), esperando que ella volviera de hacer la calle trayéndole una botella de vino y algún paquete grasiento de comida. Se había arreglado con el dueño de un quiosco de diarios en Constitución; le cobraba dos pesos por cuidarle el chivo, o tenerlo atado a un árbol, mientras ella iba a trabajar con un hombre. 'Sos un rufián', le decía las pocas veces que me daba por visitarlo. Y no tengo inconveniente en decírselo frente a usted. Él, tirado en la cama, barbudo y sucio, repitiendo como saludo cuando yo entraba, o después de una frase larga en que lo había insultado en diversas formas que no puede tolerar un hombre, por joven que sea: '¿Tenés un cigarrillo?' Usted no puede entender y no va a creerme. Pero él no era otra cosa; creía ser Ambrosio, estoy seguro, el hombre que inventó el chivo. Y como Ambrosio había vivido meses explotando a la Rita hasta que se levantó una noche o una mañana con la revelación del chivo, con aquel grotesco *eureka*, Jorge tenía que hacer lo mismo, vagar y explotar, mirar inmóvil los techos hasta que uno de ellos dejara caer sobre él un prodigio semejante. No sé qué prodigio, no puedo imaginarlo, y tampoco él pudo; tal vez una paloma para llevar en el hombro o una serpiente que le envolviera un brazo o un tigre bramador. Y como no pagaba pensión, como no necesitaba dinero para nada, los cheques, además de las cartas, que le llegaban al hotel donde yo seguía viviendo, tenía que llevárselos a cualquiera de las piezas de ladrillos o de adobe donde él vigilaba el progreso de las telarañas en los cielorrasos. '¿Tenés un cigarrillo?' Con aquel dinero, se me ocurre, podía haber salvado a Rita o ayudarla a vivir más tiempo. Pero todo era una farsa tan imbécil como inmunda. Él, Jorge, aunque transformado en el Ambrosio que no conoció nunca, lo sabía. Estaba seguro de que no había nada para encontrar en aquella vida; no ignoraba que la mujer se estaba muriendo. Por eso inventó enterrar a la prima, Higinia; porque al fin, después de un año de perversidad, de bravata, de estupidez, el asunto le quedó demasiado grande y no pudo soportar el remordimiento. Lo hubiera oído antes, antes de Rita y de Buenos Aires, cuando discutíamos de mil cosas, en la madrugada, en el garaje de casa: 'Nunca me podré arrepentir de nada porque cualquier cosa que haga sólo podrá ser hecha si está dentro de las posibilidades humanas'. Era su lema, digamos. Lo había pintado en una cartulina, lo clavó el primer año encima de su cama en la pensión. Yo lo aprendí de memoria y muchas veces me burlé de él, repitiéndoselo cuando lo veía vacilar por una razón moral. Es fácil decir cosas. Pero aquel año, con Rita, aflojó frente a la tentación de vivir dentro de la irresponsabilidad de acuerdo con el lema que vaya a saber a quién se lo robó. Entonces, el dinero que le mandaban de Santa María lo regalaba a los comunistas o a los anarquistas; a un loco o un pillo que aparecía cada principio de mes, cualquiera fuese el lugar a donde los hubieran desplazado con el chivo inmundo y por su culpa. Un petizo de sombrero, muchas veces lo tengo visto, de voz suave, con una sonrisa que iba a conservar aunque lo golpearan. Trataba de conversarlo, pero él, Jorge, le entregaba el cheque endosado y volvía a mirar el techo como si el otro no estuviera, hasta que se iba. Y yo digo: como tenía conciencia todo el tiempo de estarse portando con la Rita como un hijo de perra, regalaba aquel dinero para tranquilizarse, para poder estar seguro de que no iba ganando nada en el asunto. Yo lo insultaba y al final pensé en serio que estaba loco; pero no. Y ahora me acuerdo de lo más divertido, o lo más importante de la historia, de la verdadera, de ésta que le estoy contando. Déjeme aclararle primero que yo seguí acostándome con Rita cuantas veces tuve ganas o cuando sabía que los pesos que le daba eran necesarios para ellos. Todo esto sin que él lo supiera; él, que había hecho y lo mantuvo por tiempo, un misterio de sus relaciones con la mujer. Lo que llamo importante, lo que sirve para comprender por qué pretende haber enterrado a Higinia en lugar de Rita, es esto, este recuerdo de vergüenza del que nunca, por lo menos hasta hoy, volví a hablar. Apareció un día, al anochecer, en la pensión, vestido como lo que fue siempre, a pesar de todo, a pesar de las poses; un hijo de ricos. Durante toda la peregrinación de un barrio a otro conservó envueltas en hojas de diarios su ropa. Los pantalones sucios y la camisa de obrero y las alpargatas con que se vestía para estar tirado en la cama era nada más que el uniforme de la angustia, de la miseria que se había inventado. Vaya a saber por qué; aunque, pensando, es posible descubrir. El uniforme de Ambrosio, tal vez; del Ambrosio que nunca llegó a conocer. Aquella vez no me pidió cigarrillos; tiró sobre la cama un paquete de *Chesterfield* y no quiso sentarse. Habló de cualquier cosa y yo le contestaba esperando. No fue ni al final de su vida con la Rita ni al principio; creo que por entonces vivían después de Chacarita, por La Paternal. 'Vas a decir que es piedad —dijo—, pero es otra cosa. No sé si podés comprenderla, no soy capaz de explicártela.' Quería casarse con la Rita. Me pidió que averiguara con algún profesor de la Facultad cómo podía hacerlo sin intervención de los padres. Era, claro, menor de edad y me dijo que también era menor la Rita; aunque es difícil. Le averigué que no; le presenté, porque insistía, a Campos, de Derecho Civil. Supe que había terminado insultándolo, con un ataque de histeria, porque el otro, Campos, quiso aconsejarlo, le habló como un padre. Usted ya lo dijo: es difícil, casi neurasténico. Entonces yo creo que la mentira del entierro de Higinia proviene de esto, de esta vergüenza que quiere olvidar, suprimir. ¿Me entiende? Un afán de negar. Ya se lo había notado, a pesar de que rara vez hablamos de eso; o ya, ahora, ni hablamos. Él cree que hace diferencia tener un abuelo nacido en Santa María.

Fragoso se acercó para limpiar la mesa y sonreírme. Tito se había encogido, con los ojos entornados, con una suave expresión de asco que hacía temblar la boca húmeda. La banda de niños, su griterío, había desaparecido mucho tiempo atrás. Di las gracias con un murmullo, encendí un cigarrillo y me puse a pensar sin orden, seguro de equivocarme, principal y ampliamente incrédulo. Saqué dinero para pagar pero Tito me sujetó la mano.

Sólo una cosa me interesaba saber y ésta no tenía ninguna relación con la verdad de la historia; era un puro capricho. Así que durante dos días, desde la mañana, entre una visita y otra, estuve persiguiendo a Jorge Malabia. Lo encontré el día tercero, de mañana, cuando salía de casa para ir al hospital. Estaba sentado en un banco, esperándome, todavía vestido de jinete pero sin caballo. Se acercó sonriente, balanceándose sobre las botas, con una mirada de fatiga y madurez.

—Vine para contestar y concluir —dijo suavemente, dejando de mirarme. Si me estuvo odiando en la última entrevista, aquel odio se había transformado en paciencia, en aceptación—. Para que usted se canse de preguntar y yo no tenga nada que ver, después, con la maldita mujer, con el maldito cabrón. Empiece.

—No me gusta hablar de eso por la mañana. Si pudiéramos vernos esta noche...

Me miró con rabia y apretó los dientes; después sonrió mordiéndose el labio.

—Espere —dijo, distraído—. Usted no puede preguntar de mañana, pero sí a mediodía a la verdura podrida del Mercado Viejo. Espere. Déjeme pensar porque es la última vez. Venga esta noche a casa, vamos a estar solos. A las nueve. Acaso le muestre algunas cosas. ¿Pero usted anda sin coche? A las nueve menos cuarto habrá un auto esperándolo aquí. ¿De acuerdo?

Ahora me miró con alegría, me puso una mano en el hombro y la dejó un rato, sin peso. Decía que sí a algo con la cabeza, pero no me miraba. Después me apretó el hombro y se puso a caminar hacia la plaza; lo vi esquivar, sin apuro, el auto de la florería y volverse. Parecía más alto, arbitrario, dudoso, y la actividad de la mañana transformó de golpe su vestimenta campesina en un disfraz. Los brazos le colgaban desolados, inútiles, pero nada de él era capaz de conmoverme, empezó a sonreír, pero no era a mí. Me toqué el sombrero para despedirme y entonces se puso en movimiento, se me acercó a grandes pasos, haciendo sonar las botas, tan desconsoladamente parecido al hermano muerto. Me miró y quiso mantener la sonrisa que ya no le servía.

—Me gusta verlo y estar con usted —dijo—. Por muchas razones. Pero no quiero seguir con esto. No vaya hoy a verme. Hubo una mujer que murió y enterramos, hubo un cabrón que murió y enterré. Y nada más. Toda la historia de Constitución, el chivo, Rita, el encuentro con el comisionista Godoy, mi oferta de casamiento, la prima Higinia, todo es mentira. Tito y yo inventamos el cuento por la simple curiosidad de saber qué era posible construir con lo poco que teníamos: una mujer que era dueña de un cabrón rengo, que murió, que había sido sirvienta en casa y me hizo llamar para pedirme dinero. Usted estaba casualmente en el cementerio y por eso traté de probar en usted si la historia se sostenía. Nada más. Esta noche, en casa, le hubiera dicho esto o hubiera ensayado una variante nueva. Pero no vale la pena, pienso. La dejamos así, como una historia que inventamos entre todos nosotros, incluyéndolo a usted. No da para más, salvo mejor opinión.

—Sí —dije; no podía encontrarle los ojos; de pronto me miró con furia, sonriendo otra vez—. Sí. Quiero decir que da para mucho más, la historia; que podría ser contada de manera distinta otras mil veces. Pero tal vez sea cierto que no valga la pena. Iba a ir a su casa sólo para preguntarle una cosa, para pedirle que me hablara del velorio en que no estuvieron más, por muchas horas, que la muerta, usted y el chivo. Eso es lo único que me importa.

—¿Le sigue importando? ¿Y sólo eso?

—Sí, m'hijo —contesté con dulzura.

—No se lo pierda, entonces. Era así: un velorio en que durante muchas horas ni hubo nadie más que yo, un cadáver, un cabrón rengo y hambriento. Aquella habitación tenía un piso de tablas, flojo, y cuando yo me paseaba el cajón se movía y parecía moverse mucho más porque cuando yo caminaba la luz de las velas se ponía a bailar. Nada más que eso. Además, el entierro, que ya conoce. Con esos datos puede hacer su historia. Tal vez, quién le dice, un día de estos tenga ganas de leerla.

Se fue, un poco perniabierto, balanceándose, como para montar el caballo que no había traído.

VI

Hubo después, todavía, una carta que Tito Perotti me mandó de Buenos Aires. Me explicaba el motivo, o motivos de su viaje, lamentaba la posibilidad de haberme causado una mala impresión en el Mercado, insistía en cosas ya dichas, me adulaba. Empezaba contándome que él sí había conocido a Ambrosio, el inventor del chivo.

"Lo supe al verlo desde la puerta del restaurante; estaba recostado en la silla, frente a la Rita, pero mirando por encima de la cabeza de la mujer, mordiendo la boquilla y soplando el humo con regularidad. Miraba, ¿qué otra cosa?, el empapelado flamante, aún húmedo, color sangre aguada, con pagodas recortadas por filetes de oro. Me fui al mostrador y pedí cualquier cosa para espiarlo cómodo. Rita me había citado para las doce; yo dejé llegar las doce y media. Vestido de gris y pobre, con el pelo largo, ondulado, brillante, como una cabellera de mujer que acabaran de recortarle, con una corbata de moño, oscura. Miraba el empapelado y chupaba de la boquilla."

Traducido al lenguaje que adjudiqué a Tito en la entrevista del Mercado, eso fue, aproximadamente, lo que leí; no más porque ya sabía demasiado del asunto, o había dejado de saber desde tiempo atrás. Rompí la carta o la enterré en el desorden de mi escritorio. Si fue así, debe estar ya amarillenta; porque todos los que participamos en una forma u otra en esta historia, incluso la mujer y el chivo muertos, envejecimos velozmente en el último año.

Y, más o menos, esto era todo lo que yo tenía después de las vacaciones. Es decir, nada; una confusión sin esperanza, un relato sin final posible, de sentidos dudosos, desmentido por los mismos elementos de que yo disponía para formarlo. Personalmente, sólo había sabido del último capítulo, de la tarde calurosa en el cementerio. Ignoraba el significado de lo que había visto, me era repugnante la idea de averiguar y cerciorarme.

Y cuando pasaron bastantes días de reflexión como para que yo dudara también de la existencia del chivo, escribí, en pocas noches, esta historia. La hice con algunas deliberadas mentiras; no trataría de defenderme si Jorge o Tito negaran exactitud a las entrevistas y no me extrañaría demasiado que resultara inútil toda excavación en el terreno de la casa de los Malabia, toda pesquisa en los libros del cementerio.

Lo único que cuenta es que al terminar de escribirla me sentí en paz, seguro de haber logrado lo más importante que puede esperarse de esta clase de tarea: había aceptado un desafío, había convertido en victoria por lo menos una de las derrotas cotidianas.

ÍNDICE

El pozo 7

Para una tumba sin nombre 63

Impreso en el mes de diciembre de 1980
en I. G. Seix y Barral Hnos., S. A.
Carretera de Cornellà, 134-138
Esplugues de Llobregat
(Barcelona)